ANDRÉ BRETON

Martinique charmeuse de serpents

avec textes et illustrations d'André Masson

ÉDITIONS IRÈNE KYÔTO MMXV

マルティニーク島　蛇使いの女

アンドレ・ブルトン
アンドレ・マッソン　文・挿画
松本完治　訳

エディション・イレーヌ

目次

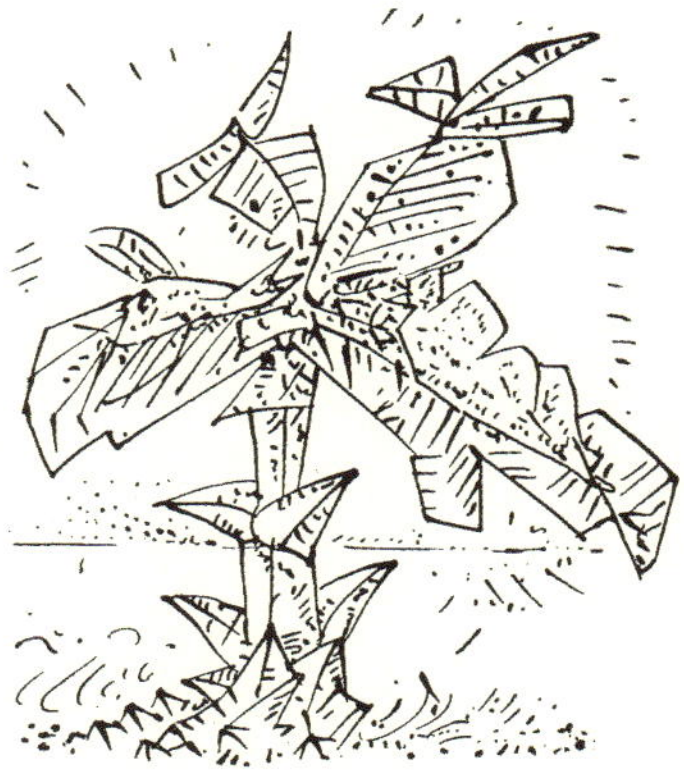

AVANT-DIRE

par André Breton

緒言

アンドレ・ブルトン

一九四一年の春、マルティニーク島にて私たちの視覚は二つに引き裂かれる。一つの魅惑的な命題の証拠として、同一人物の顔の左右半分を各々重ね合わせ、鼻梁の線を中心に継ぎ目なく左右を対称化させた奇妙な肖像写真が作成されたのだ。私たちはこうした加工写真が、かつてポール・ヴァレリーや犯罪者にも使われたことがあったのを思い出す。記憶によれば、問題となった記事の筆者(数年前の『新フランス評論』誌に執筆のピエール・アブラハム)は、最近の分析で、人間の二つある眼はそれぞれ別個の性格を有することができると信じていたのだ。あたかも、一方の眼が外側の一時的で社会的な方に向けられているのに対し、もう一方の眼は内側の普遍的で個人的な方に向けられているように。もしアンドレ・マッソンと私にこの種の画像が撮られ、フォール・ド・フランスでプリントされたら、おそらく一方は耐え難い不安を、もう一方は輝かしさを表すというように、互いに相反する画像が表出されたことだろう。一見しただけで、最善のものと最悪のものを両方同時に視野に収められないのと同様に、両極端の意味を斟酌して表現できる共通語はあり得ない。従って、以下のページでは、ある箇所においては抒情的な言語を、別の箇所では情報を伝える単純な言語を駆使しようと決めた次第である。私たちは狂おしいほど眩惑されたし、それと同時に傷つき憤慨もしたのである。それ故、これら二つの形態を故意に対置して使用したわけだが、全体が不調和にならないよう私たちの声調を均質にした他、私たちの間で交わされる対話を介在させることによって、二つの形態がそこで結び合わされるように図ったところである。私たちの心性は、ともすれば理想的で現実的な磁場の力に全面的に引き寄せられてしまうのだが、私たちの会話は曲がりくねると同時にくだけた調子を失いはしない。芸術家としてこの世界を見るよりもむしろ、人間としてこの世界に反応することの大切さを確信するからだ。

ANTILLE

par André Masson

アンティル[*1]

アンドレ・マッソン

夜、小屋の灯火が大地の閃きに映し出される。静寂が嵌め込まれ、弾けるような新鮮な空気のなか、豪奢なバレエ団の如く椰子の木々がざわめく。

★

竹笹で飾り付けられた未開の山の如き私の頭は、裸女の夢[*2]にぶち当たり、葉むらの渦を突き抜けて
——空中に舞い踊る——ハチドリを見つけ出す。

★

はらわたを抉り出された大地、樹液がほとばしり、欲望の扇[*3]の如く広がる木々の毛並みよ、そう、これこそは果実の甘い香にむせぶ重々しい葉むらの車輪だ。オジギソウ[*4]に問いかけてみたまえ、葉鞘[*5]の陰の花心が紅くなるばかりだが、その紅はバリジエ[*6]という官能的な花に君臨する——血がけばけばしい花のなかで凝結しているのだ。精液の溶岩が君に注ぎ入れられ、ありふれたガラスが燃えるよう

な手で磨き上げられて、生きた真珠層の如く虹色に輝く。大いなる手は、灰色にくすんだウェヌスのような君の尻でなければ、丘のような君の乳房を愛撫する、そして葉むらの羽毛を持ち上げて椰子の房飾りを興奮させながら、広大なる森《シルフ》のなか、愛しげな羊毛の下へ滑り込んでいく。

★

君の眼前の空に響きわたる、炎の如き鳳凰木《ホウオウボク》*7の叫び
君の唇の芝に横たわる、引き抜かれたハイビスカスの舌
君の下腹部の熱き田園に広がる、甘みの王冠を戴いたサトウキビ畑
草叢《くさむら》の抜け穴にのぞく、君の蛍《ほたる》の瞳
麗しいマンゴのような、君の乳房
群がった少女たちのような、君のバニヤン*8の木
君のすべてには、パンノキ*9の果実を
そして冠*10の頭をした獣《けだもの》には、マンチニール*11の果実を

訳註

＊1 アンティル Antille…複数形であればマルティニーク島を含む列島名、アンティル諸島を指すが、マッソンは故意に単数形を用いることで、「アンティ・イール」すなわち「反対側の島」という意味を含ませている。

＊2 裸女の夢 rêve de nue…直訳すれば《雲の夢》だが、アンティルにおける官能的で性的なイメージとして裸女のイメージを優先させた。

＊3 欲望の扇〜葉むらの車輪…本書一〇八頁写真参照。

＊4 オジギソウ la sensitive…《神経質な》という形容詞を名詞形にすると、オジギソウの謂になる。人が花弁に近づくと花を閉じる性質があり、羞じらいの花とも言われる。

＊5 葉鞘 vaginale…膣の意味もあり、ここでは両方の意味を示唆している。

＊6 バリジエ balisier…小アンティル諸島原産の代表的な熱帯花でカンナの一種。アンティル諸島の詩人によって女性らしさの象徴とされているが、三メートル以上の高さまで成長し、紅い萼が炎に似ていることから、ブルトンは本書で《火と燃え立つ鉄柵》と形容している。本書一二九頁写真参照。

＊7 鳳凰木 flamboyant…熱帯地方の三大花樹の一つで、火炎のような紅い花をつける。

＊8 バニヤンの木 banians…別名、バンヤン樹、ベンガル菩提樹。他の樹木にまとわりつき絞め殺す熱帯地方の常緑高木。幹から気根を出して、それが地面に達するとまた幹として成長し、林のようになることで有名。

＊9 パンノキ…熱帯地方で食用にされていた甘みのある果実。

＊10 冠の頭をした獣 …マルティニーク島で有名なフェルドランスという毒蛇を指すものと思われる。熱帯地方に棲む三角頭の大きな毒蛇。

＊11　マンチニール　…熱帯地方の樹木。毒性の強い小振りの丸い実をつけることから、毒の林檎とも呼ばれる。

LE DIALOGUE CRÉOLE

Entre André Breton et André Masson

アンドレ・ブルトンとアンドレ・マッソンのクレオールの対話

——あの高いところにある白いシミのようなものを見たまえ、巨大な花のように見えるが、あれはただの葉の裏側だろう。ほとんど風がないからわからないね。この土地の夜は、様々な罠と未知の物音に満ち溢れている。でも想像を絶するほど、最高に美しいのは夜明けの時間なんだ。それを見逃してしまったら、ずっと後悔するよ。

——僕たちは森に取り囲まれている。森とその魔力を、僕たちはここに来る前から分かっていたんだ。《植物の錯乱》と僕が名づけたデッサンを君は覚えているかい？　ここにはまさにその錯乱が存在するし、僕たちはそれに触れ、それに属しているんだ。僕たちはこれら幾層もの木々の一つであって、支柱となる幹に巻きついた寄生植物を抱えながら、湿地で細密画のような枝々を支えているわけだ。寄生植物の蔓は上へ張り出したり、垂れ下がったり、躍動したり、静止したりして、上から下まで星形の花をつけて花づな模様を描いているんだ。

——なるほど君は他の誰よりもここに来て自分を取り戻したようだ。すべては余りにも長い間、変わらずにここに残されていたんだ。シュルレアリストの描く風景が少しも恣意的なものでないことが、結局ははっきりするだろう。自然が何ら制御されていないこのような土地では、必然的にこうした解決を見出すんだ。谷底に落ち、そこで渦を巻くあらゆる楽器が唸っているなんて、まるでいくつもの平面を逆さにして夢想するランボーの夢[*1]のようではないか。

——そう、世界にはあらゆるものが存在しているんだ。画家を圧迫している想像力への恐怖ほど馬鹿げたものはない。自然の造形とその豊かさに彼らは恥を知るべきだろう。「椅子となる花々を見つけ出せ！[*2]」と言うが、僕たちはここで、ほとんどそれを目のあたりにしているんだ！

——ヨーロッパの植生が貧しいせいで、僕たちはある程度、想像上の植物群に向かって精神的に逃げ込んでいるのではないかとさえ思える。今日の人間が逃れたいと思っているのは、知覚することそのものなのか、それとも非文明の地へ戻るときに僕たちが感じる特殊な知覚へもっぱら逃げ込もうとしているのだろうか？ まさにこうした理由だけでヨーロッパを立ち去った人々もいる。そのなかにゴーギャン[*3]もいるわけだが、彼がマルティニーク島を訪ね、ここに住み着こうとしたことはまさに感動に値するね。

——そんなものはエグゾティスムだと非難されるかもしれないが、エグゾティスムとかいった大げさな言葉はいい加減なものだ。しかしエグゾティスムとはそもそもどういう意味だろう？ すべての大地は我々のものだ。僕がしだれ柳の近くに生まれたからといって、そこに安易に固執して自らの表現行為をその地に捧げなければならない謂われなどないわけだ。

——我々がどこで生活を余儀なくされようが、その場所の窓から見える風景に全面的に拘束されるわけではない。例えば子供の頃に見た絵本の挿絵がある。その絵は他の記憶と同様に現実的にたくさんの記憶の映像を呼び起こすだろう。ところがこの島では、他の場所よりもそのようなものはほとんど必要としないんだ、そう思わないか？ この地では、何かを付け加えて完璧にする必要など本当に何もないんだよ。もちろん、具象芸術の復活を考えているわけではないんだが、ここは他の場所よりも咎めるべきものが余りないような気がするんだ。

――僕の考えでは、むしろ咎めるべきは、この地に在るものを滅ぼしていくことだ。子供の頃、僕たちは『マガザン・ピトレスク』[*4]誌の版画を見て夢想に耽ったものだし、のちには、税関吏ルソーの描いた未開の森を愛したものだ。君はその森をメキシコで再発見したのだったね。[*5]

――ここにいると、ルソーはおそらく己れの内面に生きていたように思える。君も知っているように、彼が実際にこの目でアメリカ大陸を見たかどうか、幾度も疑義が出されてきた。僕にとってこれは大変重要な問題なんだ。双方の論拠とも非常に印象的なんだよ。アポリネールは断言しているね、税関吏ルソーは楽士としてメキシコで兵役に服していたと。ところが、一八九二年にルソー自らが記した年譜には、そのような滞在についての記述がないんだ。いったい誰を信じればいいのだろう？　これは美術批評家に問い質すべき最高に素晴らしい試験問題ではないか――連中がこうした試験を受けるべきだと君は思わないかい？　――ルソーが熱帯地方を直接知っていたのか、あるいは知らなかったのか、それはルソーの絵が証明しているのではないか？[*6]

――実際に批評家連中はこの重大な問題にはいささか腰が引けているんだ。そこにこそあらゆる夢の作用が問題となるのに。それはともかく、この間、君は「蛇使いの女」について話していたね、ルーブルにあるあのルソーの真に魅惑的な絵だ。[*7]ここに来て以来、僕たちは毎日道すがらその絵に出くわしているね。あの絵はまったくその神秘と魅力を失っていないよ。

――それこそが途方もなく驚くべきことなんだ。僕たちがついさっき藪ですれ違った黒人は、抜いた刀――いや、それはサトウキビを刈る鉈《なた》だったんだが――あの絵にまったくそっくりだったんだ！ルソーがもしフランスから離れたことがなかったとしたら、彼はその未開人の心性によって、現実そのままに丸ごと原始的空間を発見していたと認めざるを得ないだろう。だとすれば、文明によって押しつけられたあらゆる障害物を乗り超えて、もともと繋がっていながら分断された人間どうしの間に、神秘な第二のコミュニケーションが常に可能になるといえるのだ。こう考える方が、ルソーのこの問題に関する空疎な証言よりはるかに値打ちがあるだろう。

――君の今の話には激しく心を揺さぶられるよ。君はいつも詩人や芸術家には霊媒的な特性が必要だという説を主張してきた。事実、アンリ・ルソーこそ、太古からの夢想や欲望の受託者だと言えるのだろう。彼にはエデンの園での生に対するやむにやまれぬ郷愁《ノスタルジー》があったんだ。それは例えば、フラ・アンジェリコ[*8]の『楽園』が描く郷愁《ノスタルジー》に比べれば、よほど深遠なものに違いない。僕はまだ読んだことがないんだが、君はクック[*9]の『航海記』について話していたね。この作品のもっと詳しいことを僕に話してほしいんだ。これは遠い島々――詩的な意味で遠い島々――を発見する物語のなかでは、どうやら重要な作品らしいから。

――僕は水夫と美しい島の娘とのエピソードが最も強く心に残ったんだ。愛し合う二人は、互いに

共通する言語を持たないものだから、ただ抱擁し合うことだけから成る言語を発明し、互いにすべてを語り合うまでになったんだ。このエピソードによって僕はこの作品について延々と空想をめぐらすことになってしまった。ヨーロッパ人は、この場合はイギリス人だが、実に哀れな存在だ。視線が蛇のようなラインを際限なく描いてさまよっているこのような状況では、花の冠をかぶって船を出迎えに泳いでいく若い娘たちのイメージが、どうしようもなく喚起されるんだ。愛、それは再発明されるべきものだと我々が口にするとしたら……。

――すべては再び発明[10]されなければならないと思うね。あまりにも世界が画一化されすぎれば、耐え難い欠乏がもたらされるだろう。再発明すべきものが何も残されていない世界とは？ それは世界の終わりさ。

――おや、聞いてごらん……。

――島の友人によればあれは山の口笛吹き[11]と言うらしいよ、聞いてごらん、山の口笛吹きは数羽いて、摘むのがもったいないような星形の美しい蔓草の花の周りに止まって、様々に混じり合った歌声をさえずるんだ、何ともいえないもの悲しいオーラを感じるよ。

――もの悲しい……。一つの抑揚と次の抑揚との間合いが長いが、そこに物悲しさを感じるんだ。その休止の間合いにおいては、いかなる行為も意味がない。『白い影』[12]のなかでは、おそらくただ口づけを交わすことだけが、そのような伴奏に耐えることができるのだろう。ただし蔓草の花は星をかたどるにはあまりに薄っぺらく、あまりに白すぎる。それは空気の精の吐息で滑り落ちてきたのかもしれない。でもこれらの蔓草を、一か所に集めて凝視すると——まっすぐ直立していて、かなり背が高い蔓草のことを言っているんだが——それこそまさに大地の竪琴《ハープ》なんだ。そしてこの星形の花が落ちたあとに実を結ぶ小さな林檎なのだが、君は味わってみたかい？　蛇になるイヴのための林檎を……。口の中で溶けていくものは何なのだろう、ひょっとして催淫する毒なのか、蜂蜜なのか？　こうした果実こそ、我らが友人たる十九世紀末の偉大な背徳者たちが、黒いソファーの上でルヴェ[*13]の詩に聞き入りながら、かじりたいと欲情したものなんだ。

——『白い影』、それはなんと遠く、同時に近くにあるものか。その映画を見たほぼ同じ頃、僕はメルヴィルの本で『タイピー』[*14]を読んだんだ。いささか魔女的な女たちの仲介を通じて、人が食人族の楽園にいかにして慣れ親しんでいけたかという話なのだが……。おや、見てごらん、そこの川床に不気味な黄色い水たまりがあって、シューシューと音を立てて泡立っているよ、これは温泉源なんだ。なるほど、この島ではどこにいようと火山はすぐ近くにあるんだ。

——その火山は、言うべきことを一度の噴火ですべて言ってしまったようなものだ。まったく凄いものさ、囚人だけを助けてやろうというその着想[*15]といったら！　サドの素晴らしい主人公《ヒーロー》、ロダン[*16]もこの着想には満足しただろう。なにしろこの火山は自分の策略を隠していたのだからね。ぼくは次のような逸話が結構好きなんだ。生涯をマルティニーク島で暮らしていた老司祭が、大噴火直前、島外から呼び出しを受けたんだ。ちょうど彼はコーヒーを飲みに行こうとしていたんだが、仲間の《修道士》が慌ててやって来たわけだ。「すぐにお越しを。修道院長様がお話しがあるそうです」。なにも慌てることはなかろう、時間はたっぷりあるさ、と彼は思った。すると二人目の修道士が同じことを催促しにやって来る。続いて三人目も同じく。「結局どうしたというんだ？ 昼食くらいとらせてくれてもいいじゃないか！」。すると相手はこう言うんだ、「あなたには誓って何もお教えするなと言われているのですが、マルティニーク島で火山が噴火したそうでございます」と。「——なるほど、そういうことなら、私はコーヒーを飲みに行けるわけだ。マルティニーク島に火山などありはせんよ」。

——見事な話だね。この話はいつの世にも不信心なヒーローがいることを示しているね。彼には火山もなければ、先史時代にさえなかったというわけだ。扇状の羊歯《しだ》が群れ、巨大な半球状の花々が満開だというのに。島の南では木々が化石になっているというのに。幸いにも、《火山博物館》[17]にその証拠物件が残されているよ（大災害の博物館とは素敵な着想だ）。僕たちも訪ねたわけだが、まったく神妙にならざるを得なかった。これらの歪んで壊されたオブジェを見ると、一九〇〇年の装飾様式は——噴火は一九〇二年だったが——火という元素で修正される必要があったことを特に僕たちに教えてくれるんだ。ある程度可愛らしいランプや、あまりねじ曲がっていない、変化に乏しいガラス製品が、火山によって改良が加えられたと思わないかい？ 君が溶岩によって生成された虹色の光彩をどれだけ愛しているか、僕にはわかっているよ。それは陶工が竈で作るよりもはるかに鮮やかな光彩を放っているんだ。

——まさに驚異だ。わずかな瓶の破片、つまりごく《ありふれた》瓶の破片がこのように痙攣を起こし、発掘されてガラスの燦然たる光にいとも優しく包まれているのを目にしたら、バレスの親友のガレ[*18]などは嫉妬のあまり死にそうになっただろう。モダン・スタイルが先か、大地の震動が先か、どちらが最初に始まって原因を作ったのか、わからないくらいだ。それにしてもあの小さな香水壜、博物館で大切に展示されていた香水壜は、あまりに隙間なく密封されていたものだから、中身が漏れない分、容器が踊るように変形していたわけだが、僕はあの栓を開けるためなら何もほしくないと思ったよ！　あれはまさにジャスミンの香りを放つ悪魔そのものだろう。

——自然は芸術を模倣するとワイルドの警句にあるが、ここではどう考えたらいいのだろう？

——その言葉を最もいやがるのはやはり建築家の連中だろう。大聖堂《カテドラル》をすべて一列に並べ、そのいくつかをダイナマイトで爆破させ、湖にそのすべてを映し出し、観客にベラドンナの毒を飲ませることができたとしても、そんなことは、木々が特殊な曲芸のようにもつれ絡まり合うさまに比べれば足元にも及ばないよ。こうした木々は梯子となって雲にまで伸び上がり、断崖を跳ね上がり、粘っこい花々を吸盤にし、呻くように愛しの魔女たちの弧《アーチ》を描くんだ。そのさまはアセチレン灯、つまり弧を描いて放電するアーク灯の如く、心の闇の秘められた領域、我々の生を開いてはまた閉じる母なる洞窟を照らし出すんだ。

――まさにそうだ、ここではあらゆる形態がぶつかりあい、あらゆるコントラストが高揚している。「森の心臓で」とは、なんて素敵な表現だろう！　そう、僕たちの心臓はこの驚異的な絡まりの錯綜の中心に存在しているんだ。これら容赦ない蔓植物は、夢への架け橋なんだ！　これら枝々は、僕たちの思考の矢を射ようとする張りつめた弓なんだ！

――空虚な部分もまた、何という深遠さか、周りの茂みに比べてはるかに蠱惑的だ！　君が今、橋の上から落とした小石は際限なく落ちて行く、そしてその小石は僕たち自身の何ものかでもあるんだ。瞬時の間、それは僕自身だった。しかもローマ通りの橋*19から身を投げるくらいなら、この橋から飛び降りた方がいいと感じるんだ。僕がもとの道へ戻るのは容易なことじゃないよ。僕たちの影はここから解き放たれるのだが、それは非常に希薄で、かすかな死の予感のようなものだ。だが、それにもかかわらず死は通り過ぎて行く。気をつけたまえ、地面は湿っていて滑りやすく、葉はエナメルのようにつやつやと光っている。

――そう、絶壁や深い淵があちこちにあって、この壮麗な森《シルフ》もまた井戸のようになっている。そしてあらゆるものを覆っているのが湿り気なんだ。ごらん、一挙に成長するこれら竹林は煙霧に包まれているし、円丘《モルヌ》*20のてっぺんは分厚い雲のターバンに巻かれている。

――僕たちは森《ボワ》の大通り*21からはるかにかけ離れたところにいるわけだ。

――ここは、人工的に発明された光景からはるかに遠ざかっている。大自然は、もともと人間につきものの特性であるまっすぐな大通りを好まないし、シンメトリーを許容しない。現代の大通りだけでなく、歴史をはるかにさかのぼれば、巨石文化の列石や、整然と配置された植栽は、すべてシンメトリーなんだ。《宏壮な建物の見晴らしの悲哀》というふうにベックフォード[*22]も言っている。そしてパスカルもまたこう言うんだ、シンメトリーの感覚は人間の顔形だけに基づいていると。[*23]

——シンメトリーの感覚を人間から取り去れば、ものを解読することを放棄せざるを得ないのではないだろうか。たしかに心地よいものはさらに解読しにくいものだが。こんな実験を知っているかい。黒地に白い顔と、白地に黒い顔の二つの顔があるとしよう、人間の目は、白を優先するわけでも黒を優先するわけでもなく、何よりもシンメトリーな顔だけを見るものらしい。もしシンメトリーを持たない違うタイプの二つのオブジェが、シンメトリーを持つ空間によって隔てられていたら、空間の方が読み取られてリアルに見えていく一方、オブジェはかき消えていき、背景に溶け込んでいくんだ。

——この特異な構造理論は僕の興味をずっと引いてきたんだ。人間の精神がもしある特定の構造や幾何学的な形状を好むとすれば、それは人間を安心させるからに他ならない。僕たちは、危険がないものと思って森の中に入り込むのだが、突然ぐねぐねと蛇行する小道に悩まされるようになってくるんだ。この緑の迷路から抜け出せるのか、はたして恐怖の峡谷に出くわすのではないかと。

——幸いにも、解毒剤を見つけるのはそんなに難しくないよ。『ポールとヴィルジニー』の運命論[*24]に陥らずとも、島の南の地方が、こちら側の危険な風景に反してそれを払いのけてくれるだろうと考

えると嬉しくなってしまうだろう。自然は時にはシンメトリーを愛することもある、水晶の中のシンメトリーがそうだ。人間は、ダイヤモンドに潜む光だけを自然の塵から完全に取り出そうとするために、自然そのものをお手本としてきたんだ。この島の外海に面して屹立する岩が、まさしくダイヤモンド岩礁[*25]と名づけられていることを、不思議とはいえ、必然的なことだと思わないかい？

――僕はそこに解放されるための代償を見るんだ。そう、僕たちは植物の力に魅入られてきたが、にもかかわらず、不定形極まりない、つまり枠組みのない圧倒的な自然環境のなかで、定形的な形態についてどうしても語らねばならないと感じたわけだ。それ以上にどんな重要な示唆があるというのだろう？

――生物種の最下層から最上層までを駆け巡る、血の流れのように美しいバリジエの花[*26]を、象徴として掲げてみよう。この花の萼《カリス》は、その驚異的な澱《おり》で溢れんばかりに満たされた聖杯《カリス》のようだ[*27]。この花こそは、僕たちが探し求めている、把握できるものと狂おしいものとの和解、生と夢とを和解させる紋章のようなものであってほしい――バリジエの花の、火と燃え立つ鉄柵を通り抜けてはじめて、僕たちは唯一の価値ある方法で前へ進み続けることができるだろう。炎を潜り抜けながら。

訳註

＊1　ランボーの『イリュミナシオン』所収の詩篇「歴史的な黄昏」（Soir historique）の冒頭に、池の底で音楽に興じる人々の幻影が詠われている。

＊2　ランボーの詩篇「花々について詩人に語られたこと」のⅢ章に同様の表現が見られる。

＊3　ゴーギャンはタヒチに渡る以前の一八八七年六月から十一月までマルティニーク島に滞在していた。現在はそこにゴーギャン美術館がある。

＊4　『マガザン・ピトレスク』誌は、一九世紀前半から二〇世紀初頭まで刊行されていた絵入り雑誌で、絵が豊富なことで子供たちにも親しまれていた。

＊5　ブルトンは一九三八年四月から八月まで、講演のためメキシコに滞在している。

＊6　ルソーが実際に兵役でメキシコへ行ったかどうかは、アポリネールの証言をはじめ、議論の対象であったが、一九六一年、ルソー研究家のアンリ・セルティニが陸軍省に保管されていたルソーの兵役簿の徹底的な調査によって、メキシコ行きの事実はあり得ないことを証明し、長年に及んだ議論に決定的な終止符を打った。

＊7　『蛇使いの女』は、現在、パリのオルセー美術館に収蔵されている。本書一二一頁写真参照。

＊8　ルネサンス初期、十五世紀前半のフィレンツェを代表する画家。

＊9　十八世紀の冒険家・航海家のジェームズ・クック。

＊10　「愛は再発明すべきものだ」とは、ランボーの『地獄の季節』所収「錯乱Ⅰ」にある詩句。

＊11　山の口笛吹きとは、西インド諸島の森に棲息する鳥。その鳴き声で、ハイチの音曲鳥とも言われる。

＊12　白い影とは、ハリウッド映画『南海の白い影』（一九二八年）のこと。未開の島にただ一人漂着した白人医師は、絶望の淵に落とされるが、島の娘との愛に目覚め、生きる歓びを知り、なおかつ原住民

＊13 の純朴で平和な生活に魅せられ、永住を決意する。ところが、白人を乗せた白い船がやって来て、原住民を巧みに騙して島で採れる真珠を掠奪しようとする。白人医師は義憤に駆られ、愛する人と島を守ろうと、白人の侵入に対して闘うが、ついに銃弾に斃れる。文明の波濤は容赦なく南海の島を洗い、何人も文明の力の前では逆らい得ないという悲劇的な愛の物語。シュルレアリストが絶賛した映画で知られる。

＊14 アンリ・ジャン＝マリー・エティエンヌ・ルヴェ（一八七四〜一九〇六）は、フランス世紀末の詩人。外交官としてアジアや南洋などに赴任し、現地の風物などを取材したエキゾティックな詩で知られる。

＊15 『タイピー』（一八四六年）はハーマン・メルヴィルの処女小説。

＊16 一九〇二年、マルティニーク島の首都であったサン・ピエール市がペレー山の大噴火で壊滅したが、監獄に閉じ込められていた囚人がただ一人生き残ったと言われている。

＊17 ロダンは『美徳の不幸』、『新ジュスティーヌ』に登場する悪徳外科医。若い女の生体解剖を趣味とする。

＊18 一九〇二年にペレー山の大噴火により壊滅したサン・ピエールの町に建てられた火山博物館。溶岩で溶けた金属類やガラスなどが展示されている。

＊19 アール・ヌーヴォーを代表するガラス工芸家、エミール・ガレ（一八四六〜一九〇四）。ロレーヌ地方ナンシーの出身で、同郷人としてモーリス・バレスの親友であった。

＊20 パリのサン・ラザール駅に入る線路をまたぐローマ通りの橋。印象派の画家もたびたび描いており、時々身投げをする自殺者が出た。

＊21 モルヌ（Morne）とは、西インド諸島に多数見られる古い火山が浸食されてできた丸い小山。

＊22 ボワの大通りとは、凱旋門に近いフォッシュ大通りの旧称で、豊かな街路樹が整然と並び、パリで最も幅の広い街路として有名。

ウィリアム・ベックフォード（一七五九〜一八四四）のことだが、この文句は一八七六年の『ヴァテック』フランス語版に付されたマラルメの序文にある表現。

＊23 『パンセ』二八番の断章にこの表現がある。

＊24 『ポールとヴィルジニー』（一七八八年）は、ベルナルダン・ド・サン＝ピエール（一七三七〜一八一四）の小説。無情な波がヴィルジニーを奪い去るという、自然の力による運命論的な悲恋を描いている。

＊25 実際にマルティニーク島の西海岸の二キロ沖に屹立した岩礁。高さ約一八〇メートルもあり、他を寄せつけない厳しさとダイヤモンドのような美しさから名付けられた。

＊26 バリジエの花については、本書「アンティル」訳註＊6及び一二九頁写真参照。

＊27 カリス calices は萼と聖杯の両方の意味を持つ他、澱を飲み干す、すなわち苦汁をなめ尽くすという慣用句を踏まえた表現となっていることから、バリジエの花汁はその澱まで驚異的であり、この花を象徴するマルティニーク島の苦汁すら聖杯として掲げて飲み尽くすことで大いなる驚異が顕現するという意を含んでいる。

DES ÉPINGLES TREMBLANTES

par André Breton

震えるピン[*1]

アンドレ・ブルトン

防波堤

サヴァンナ[*2]を浸すおぼろげな光のなか、ジョセフィーヌ・ド・ボーアルネ[*3]の青味がかった彫像が、ココナッツ椰子の背の高い木々の間に見え隠れして、女性らしい、優しい雰囲気をこの街に投げかけている。ウエストのせり上がったメルヴェイユーズ[*4]のドレスから突き出した彼女の両の乳房。そして、クレオール語なまりの、無防備でなまめかしい媚薬を練り上げようと、アフリカの石臼を長々と回しているかのような、執政官政府時代の彼女の話しぶり。昔のフォール-ロワイヤル[*5]（フォーヤルと発音せよ）の廃墟の下に埋もれた王宮《パレ・ロワイヤル》。——ご婦人方を退屈させないよう、三行詩で優雅に物語られたマレンゴの戦いやアウステルリッツの戦い——世界中の大きな戦争のざわめきも、ラ・パジュリ[*6]家の笑い声のする屋根瓦の下、少し開いた甘美な膝もとに消え失せてゆく。

双翼の碑文

　騒々しい街路沿いに、美しくも色褪せた極彩色の看板が、ありとあらゆる種類のロマンティックな字体を踊らせている。一瞬、その一枚の看板が、ルネ・マグリットの「否定の時期」[*7]の倒錯した絵の魔力同様に私を捕える。しかし私が遠くから見つめているものは、極端に濃淡があいまいなマグリットだ——それは現実と断絶しかかっているのか、あるいは妥協しようとしているのか？　思い浮かべてみたまえ、鷲のように大きな空色の蝶、そこに白い文字で《ＰＩＧＥＯＮ》（鳩）と読み取れる。結局、その名のとおり、単なる自然主義者なのか……。

黒い女王の飾り金具[*8]

アーチの向こうぎわで、魚市場が豪奢な饗宴を繰り広げている。奔放極まる縞模様、きめ細かな斑点模様、好き放題にてらてらと光る光沢に溢れ、硫黄状の黄色から司教の紫に至るまで、ハリセンボンやハコフグやありとあらゆる色調の光に満ちた、これぞまさしく宝石のように燃えて燦めく魚のパラダイスだ。中空を覗くこのみすぼらしい天窓に不穏な気配が漂っているのは、深い海の底から来る豪奢と火の閃きもまた天窓に来て消えてしまうからだ。際限なく燦めく陳列板の下、影のなかに、真紅の薔薇という薔薇がいっぱい詰め込まれた法螺貝が寄り集まってくる、まさにこのように、一八四八年の血みどろの黒人の反乱[*9]が鳴り響いたのだ。

天の摂理は巡り来たりて

他の場所では、見馴れない果物が、味の加減で——いくらか期待はずれの味が混じることもあるが——かつて味わったことのない味覚の驚異を喚起させる。棘の生えた縦長の皮に実を包んだコロソル[*10]は、半ば角燈《ランタン》のように、半ば葉むらのように、雪のシャーベットの如くその身を晒している。井戸のそばの星林檎《カイミット》[*11]はその黒い連なった種を、とろけるような秋の中心に滑り込ませる。そして忘れてはならないのは、この赤紫色に彩られたイチジクだが、こいつに噛みついてはダメだ。口蓋と舌の間に、いろんな種類の細かなネバネバがたちまちにして鳥もちの糸を織り上げ、頑強な収斂性のあるスレートを張るだろう。そう、それらはジョルジオ・デ・キリコ[*12]がジュピターの頭のそばに力強く定着させた、熱帯果樹園の王たちなのだ。

シュザンヌ・セゼール夫人に[*13]

学校の鐘が鳴ると、よく笑う混血の少女たちが四方へ散っていく。たいていは肌より明るい色の髪をした少女たち。これら虹色の影を伴った美しい肉体は、どんな木の精に暖められるのかしら。カカオの木？　コーヒーの木？　ヴァニラの木かしら？　それらの葉っぱは幼年期の未知の欲望が身を潜めたコーヒー袋の紙に象られ、永続的な神秘を飾り立てる。昼と夜[*14]とをいかに究極的に配分するのか、いかに持続的なバランスを取るのかを目指して——極めて穏やかな無風の日、太陽が海に没する時に《緑のダイヤモンド[*15]》なる現象が発生する決定的瞬間を捕えることを夢みるように——るつぼの底で、こうした女性美が探求されるのだろうか？　この地での女性の美は、おおむね他所《よそ》よりもはるかに完璧であり、その美が私には白い灰と赤い炭火の顔[*16]のなかでほど眩く見えたことがないというのは、いったいどうしたことだろうか？

龕灯《がんとう》[*17]

エメ・セゼール、ジョルジュ・グラチアン、ルネ・メニル[*18]に

　巨大なパイプオルガンさながらに、ここに降りそそぎ、匂い立つような雨よ。ガラスの急行列車の無数の転車台操作器を備えた、ありとあらゆる方角から線路が集まる到着駅よ！　それは絶え間なく白と黒の槍を浴びせかけ、真昼の輝きのなかで私がまだ見たことのない星々で作られた古代の甲冑に当たっては飛び散っている。アブサロン[*19]の淵でヴァルプルギス[*20]の夜に先立つ待ちに待った崇高な日よ！　私は今ここにいる！　光線が少し陰りでもしたら、すべての空の水がたちまち天蓋《テント》に突き刺さり、目の眩むような船具が垂れ下がり、なおも水滴が背の高い緑の金管楽器のパイプに調子を合わせて滴り落ちる。雨は、吸盤で枝に絡みついた真紅の花々の燭台受けに向けて、竹藪の周りでランプのほやを立ち上げる。あたりにはたった今まで二羽の血の蝶の教えるダンスのあらゆる姿態が――。日本の水中花の如く、すべてが椀の底で広がり、林間の空地が開ける。向日性のヘリオトロープが尖った靴をはいて、螺旋状に反りかえった爪で飛び跳ねる。そのさまに心臓が止まるほど驚き、冠毛の含羞草《ネムリグサ》が起き上がり、羊歯《しだ》が卒倒する、時間の環の如き燃えるような口を開けながら。私の眼は鞭の尖端にある楕円の中心で閉じられた一輪の菫《すみれ》の花だ。

... et toujours au soleil la démarche
.. des porteuses
c'est le pied de Gabira –
Oui le sol est vraiment
touché – la terre est
appuyée

荷物のない女運搬人[*21]

規則正しい間隔で帰って来る精霊のように、黒人の若い娘たちがたびたび一人で通り過ぎてゆく。それほど彼女たちの物腰は周期的でしかも独特で、同じリズムで運んでいるように見える。そのひとりひとりがまさにボードレールが思い描いたままの女なのだ、それだけにこれら女に対する彼のイメージはかけがえのないものだ。

波とゆらめく真珠母色の衣服をまとい、[*22]
彼女はただ歩きゆく、さながら踊るかのように……

年齢もなく目方もないこの無言の女使者はどんな夜からやって来たのか、記念建造物の夢のなかで豊穣の原理が目に見えぬように混じり合うトーテム信仰の構築物を、この女使者のくるぶしと首とが、すべての女人像柱と競うかのように——どんな勝利のためだろう？——支えているというよりもむしろ突き上げているのだろうか？

島の地図

綺麗な脚、甘いささやき、落とし穴、薔薇の岬、段取りを踏む信号機、悪魔岬、ひとかけらの愛、憂いなき水路、悲嘆の峰、狼男の島、フェヌロン、希望、海の入江、大河、転覆する川、塩水の川、蜥蜴の川、白い川、水たまりの川、マダムの川、深淵、アジュパー・ブイヨン、平原の山、石灰の丘、オレンジの丘、ミライユの丘、赤の丘、狂気の丘、美女の丘、靄の丘。

訳註

＊1　震えるピン…マルティニークの女性がヘッド・スカーフを着用するときに使用する宝石状の留めピンをイメージしている。

＊2　サヴァンナ…マルティニーク島の首都、フォール・ド・フランスの中心にある広大な公園の名称。

＊3　ジョセフィーヌ・ド・ボーアルネ…のちのナポレオン一世の皇后。マルティニーク出身でサヴァンナ公園に彫像がある。

＊4　メルヴェイユーズ merveilleuse…執政官政府時代に流行した古代ローマ風の服装をしたお洒落な女。

＊5　フォール-ロワイヤル…フォール・ド・フランスの旧称。

＊6　ラ・パジュリ…マルティニーク島で大農園を営んでいたジョセフィーヌの生家の名称。

＊7　否定の時期…一九二八～三〇年頃のマグリットの作品。描かれた対象と関連しない言葉が画面に書き込まれた一連の作品を指している。

＊8　飾り金具 ferrets は、飾り紐の先端の金具。女性の装飾具のイメージと、黒人奴隷を繋ぐ鉄鎖 fers とを音声上で掛け合わせている。

＊9　一八四八年、第二共和制の樹立とともにフランス政府は黒人奴隷制度の廃止を宣言したが、解放時期が引き延ばされたため、黒人奴隷の暴動が勃発、奴隷解放に結びついた最後の大規模な反乱となった。マルティニーク島における黒人の革命とも言われる。

＊10　コロソル…熱帯産の有名な果物。棘だらけで淡緑色の堅い皮に覆われ、果実は白くて柔らかく、クリーミーで甘酸っぱい。

＊11　カイミット…別名、星林檎、スターアップル。熱帯産で、果実を輪切りにすると星形の模様が浮き出る。

＊12 キリコの絵は古典的な彫像と果物を並べたものが散見される。一九一三年作の『詩人のためらい』では、女性のトルソーのそばに数個のバナナが並べられている。

＊13 シュザンヌ・セゼール…エメ・セゼールの妻。

＊14 昼と夜と…白人と黒人の比喩。

＊15 ジュール・ヴェルヌの小説『緑の光線』（一八八二年）に因む決定的瞬間。それによれば、太陽が水平線に沈みきってしまう瞬間に、最後の残光が一瞬、人の目に緑色に見える現象があり、大気や気温の状況等による光の屈折具合で極めて稀にしか見ることができないが、この光こそは天からの唯一の奇跡の光であり、《希望》の光だという。エリック・ロメールの名作映画『緑の光線』（一九八六年）もこの小説を原典にしている。

＊16 白い灰と赤い炭火の顔とは、白人と黒人が混血した微妙なバランスによる美しさを形容した表現。クレオール美人の形容。

＊17 龕灯 **la lanterne sourde**…携帯用ランプの一種で、正面のみを照らし、持ち主を照らさない懐中電灯のような役割を果たした。

＊18 エメ・セゼール（一九一三〜二〇〇八）、ジョルジュ・グラチアン（一九〇七〜九二）、ルネ・メニル（一九〇七〜二〇〇四）の三人は、いずれもマルティニークでブルトンが出会った『熱帯』（トロピック）誌の同人。セゼールについては本書解題に詳述、ルネ・メニルについては本書『偉大なる黒人詩人』の訳註2に詳述。

＊19 アブサロンは、フォール・ド・フランス郊外の山林にある公園の名称。遊歩道沿いに深い淵があり、底に水流がほとばしり、一帯に草木が繁茂している。

＊20 ヴァルプルギスの夜…聖女ヴァルプルギスの記念日が五月一日であり、その前夜に魔女たちがサバトの祝祭を開くという伝説がある。キリスト教到来以前から伝わる異教の風習で、現在でも北欧や中欧

で祝祭日としてお祭りが開かれている。

＊21 女運搬人…マルティニークの女たちは頭に荷物を載せて運ぶ習慣があった。

＊22 『悪の華』所収「憂鬱と理想」二七番のソネットの冒頭部分。

EAUX TROUBLES

par André Breton

濁った水

アンドレ・ブルトン

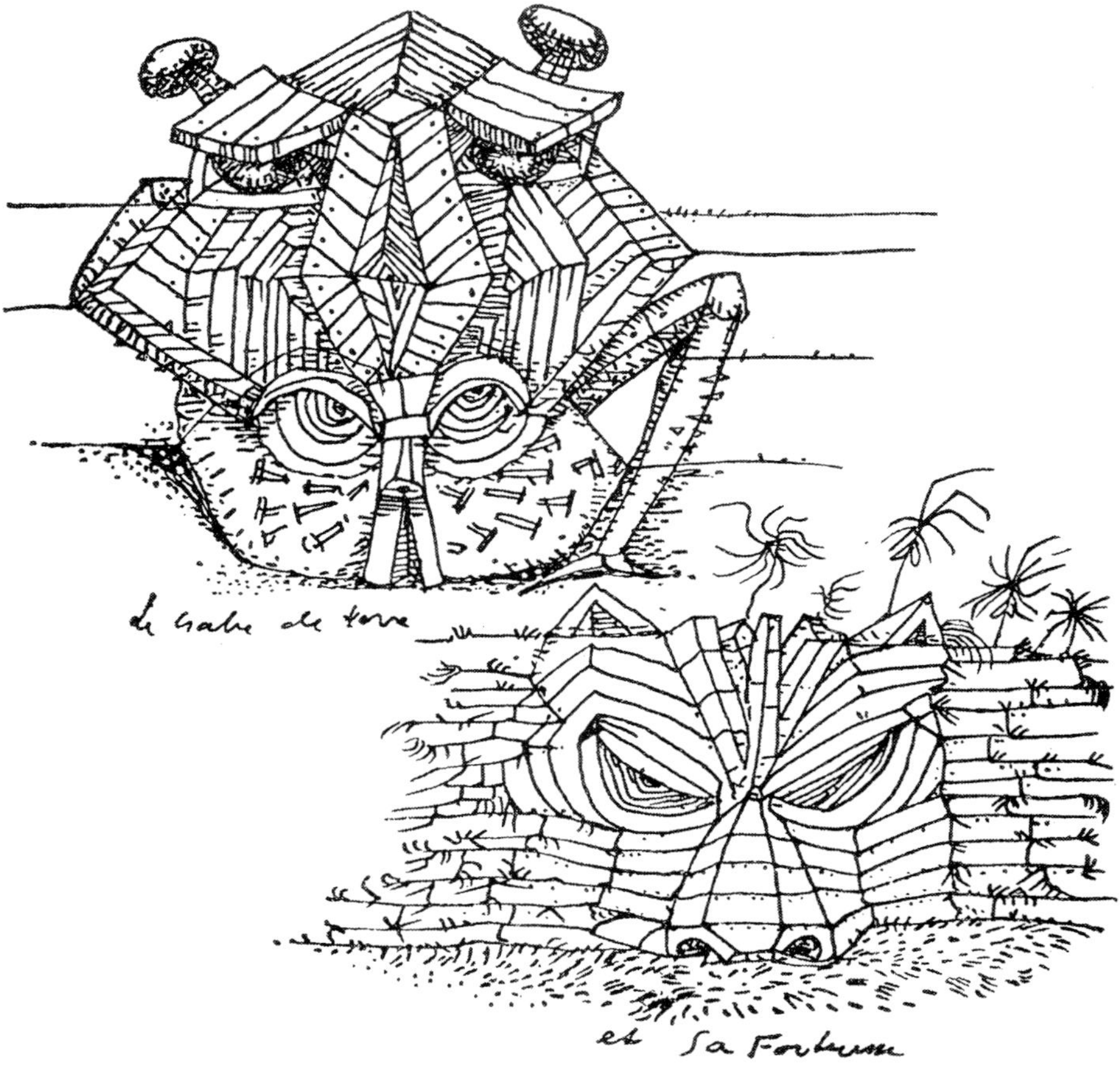
Le Crabe de terre
et Sa Fortune

上陸は正午に予定されているにもかかわらず、朝早くから、乗客は甲板に出てせわしく行き来し始めている。この航海の幾多の苦難を忘れたかのようだ。まだ遠く離れているほんの微かな緑の香りを吸いこんで飽きることがない客もいれば、ほとんど水のない洗面器に光を注ぎ入れようと貧弱な手鏡を前に振りかざしている客もいる。甲板上の洗面小屋が初めて光り輝いたように見える。そしてついにマルセイユ出航後、一ヶ月もの長い航海の末に、《キャピテーヌ＝ポール・ルメルル》号の船上生活がもたらしたあらゆる不快や不安、時には耐え難い虚しさが一掃されるのだ。粗末な共同寝室の藁布団は最終的に片づけられ、我々が一日に二度、興ざめな食事にありつくために列をなした《移動式》の食堂は、隅に押しやられて滑稽なほど場違いな姿を見せている。さあ取りかかろうか！と甲板に出て、大勢の子供たちに取り巻かれながら、真っ昼間に羊や牛の屠殺や解体を見せていた乗組員たちも今や姿はない。（もっともほとんどの大人たちは、この肉が食卓に出されないことを知って腹立たしい思いをしていたものだが）。この同じ場所で、朝に幾度も、一列に連なった三つのオブジェが炎に絡み合っている様子を見て空腹に打ちのめされたものだ。つまりそれは、皮を剥がれて前日から吊るされたままの牛、船尾に掲げられた旗、そして昇る太陽であった。一九四一年四月の時点では、これらのいささか錬金術的ともいえる組み合わせを目にするだけでも贅沢というものであった。しかし目的地に近づくにつれ、島の沿岸の輪郭がはっきり見えてくると、こうした苦い現実が押し流され、幻覚も取り払われていくようだった。トビウオが姿を見せ、だんだんと小さくなっていくが、常にたくさん群がり、水しぶきが描く微細な虹の中へ突進していくのが見える。

島の北海岸に双眼鏡を向けると、詩人の夢と一般的な知覚とを隔てている距離が一気に縮められる。豊饒な自然の光景を眺めていると、存分に恩恵に浴しているという思いとともに、この船の甲板だけがわずかにヨーロッパに繋がっているのだという感慨に満たされる。少なくとも現在のヨーロッパは、そのすべてが憤激と破局に向かっているのだ！　ドイツ人、オーストリア人、チェコ人、スペイン人、一握りのフランス人、つまり野蛮な人種的偏見による追及の手から逃れてきた人々は、現在の支配者のもとで高邁な理想を自国に打ちたてようとする罪の報いをまさに受けているのだ。

午前中、次第に風景の独特さが明らかになっていく驚きにしばし言葉を失う。ココヤシに覆われた村、黒い砂にしぶきを上げる滝、ちらちらと光る四角形の帆をつけた小さな《丸木舟》[*1]。そうして先のことを考え続ける。はたして我々は自由に下船できるのだろうか？　強制収容所を体験した人々、あるいは休戦協定後のフランスで、戦争中に応召した外国人に対する数々の迫害を知っている人々は、懐疑的にならざるを得ない。目的地へ連れて行ってくれる新たな輸送船を、ここでどれくらい長く待たなければならないのか、誰ひとり知る者はいない。

「マルティニーク島は」と、この航路を二十回往復してきた《ポール・ルメルル》号の船長は一言のもとに言い放った、「マルティニーク島はフランスの恥だ」と。私にはこれっぽちも理解できるものではなかった。

治安当局の憲兵が突如現れたので不安が広がる。軽装備のカーキ色の制服に身を包み、脚をむき出しにしてリボルバーを武装した、およそ十人ものいかつい体つきをした者たちが、ヘルメットの庇から敵意のある視線を隠そうともせず、士官の船室で待機していたのだ。朝から番号を付与された乗客たちは、戸口でひとかたまりになって自分の順番を待たされている。しかし入口に配置され、挑発的な態度を見せる植民地の下級歩兵は、その番号など一顧だにしない。むしろ乗客の控えめな抗議がわき起こるのを前にして、甲板の上では一切沈黙するよう命令するのだ。私がこの愚かな越権行為に抗議すると、彼はいたずらに私に詰め寄って脅すように睨みつける。囚人のように私たちを取り扱うよう命令されていることは明らかだ。彼は嘲笑いながら大声で言い放つのだ、「中で待っていることに比べりゃ、大したことはないぜ」。

たちまちにして、最初に呼ばれた人々が、新たにやって来た下士官に多少とも侮辱されたという噂が広がる。非常に著名な若い科学者に対しては、ニューヨークで研究を続けるよう強制する始末だ。「ポワン=ルージュ行きだ（島の収容所の名前だ）……、いや、お前はフランス人ではない、ユダヤ人だ。フランス人のふりをするユダヤ人は、外国のユダヤ人よりさらにたちが悪い」。チェコのジャーナリストに対してはこうだ。「素晴らしい職業だ！　何だと、仕事があるだと。お前たちの国の戦争があるじゃないか！」。他にも、尋問されている者がとっさにフランスの大義に忠誠を尽くし続けることを証し立てると、「ポワン＝ルージュ行きだ。お前はここ、マルティニーク島にいることだ、望むところだろう」。私に対してはこうだ、「作家だと。講演を行い、芸術書を出版するために招待を受けているだと。そんなことをしても、アメリカの連中には何の足しにもなるまい！フランス人だと？　下船するがいい、だが秘かに監視をすることになるぞ」。ところがその少しあと、私は呼び戻され、何の説明もなく通行許可証を取り上げられる。私は妻と娘とともにポワン＝ルージュへ送られることになったのだ。さらに不法にも、保証金としての九千フランに加え、宿泊費として千五百フランを支払わされたのだ。

夜が更けると、私たちはラザレ[*2]（ポワン＝ルージュ）というかつての癩病隔離病院の門をくぐる。門には銃剣を持った二人の黒人歩哨が警護している。寝起きする設備を目にしたが、船内の寝室に戻りたい気分にさせられる。食事のあてすらない。というのも、食堂はとんでもない値段でイワシの缶詰しか出していないのだ。照明すらない始末だ。

翌朝に慰めがもたらされるが、この慰めもまた苦痛をいや増すことになる。それでもやはり、芳しい木の香りが私たちのもとに漂って来る。海水浴が禁止されていない小さな入り江には——実際に海水しかないのだが——錆びついた舟の残骸の前に折り重なった薊珊瑚《アザミサンゴ》が光り輝いている。舟が

ここに驚くべき貝類を運んできたのだ。ここには熱帯の数々の魅惑がある。しかし、ぞんざいに明示された囲いから一歩でも外に出ようものなら、確実に兵士が現れ、容赦なく連れ戻されることになるだろう。これはまさに捕虜と同じだ。にもかかわらず、収容所内に掲示された通告には、《収容者》の代わりに《宿泊者》という言葉が巧妙にも遠回しに使われているわけだが、この状況下ではそんなごまかしが通用する余地すらない。《点呼》は毎日、朝晩行われるのだ。

フランス人の抑留者は、毎日五時まで街への外出が許可されているらしい。身分証明書を提示することで、一人の海軍将校が永久許可証をその場で交付しているのだ。この男は、その傲岸不遜な態度で船上で特に目立っていたカスティン海軍大尉だ。彼は私のパスポートを押し返した、「ブルトン、却下する」。私がこの例外的な仕打ちの理由を知りたいと食い下がると、彼はこう言うのだ、「安全委員会は、お前がフォール・ド・フランスに足を踏み入れることに反対している」。

ドミニカ共和国領事館発行の通過ビザを手に入れ、数時間の通行許可証を受け取るために丸五日を費やす。私はこの機会を最大限に利用しようと固く決意し、前日から念には念を入れて総督との面会を要求する書面をしたためる。総督がごく最近、その任に就いたことを知り、我々の会見はあまり期待できないのではないかと思われた。しかしこの機会を断念することはできない。このような私に対する横暴な仕打ちについて、彼がどのように処置するのかを知っておくことは大変重要に思われるし、なかんずく、フォール・ド・フランスで当局の連中は私に対して何を危惧しているのかを知り、何故に私から情報を隠蔽し、私の目をごまかそうとしているのかを明るみに出したいという思いに駆られるのだ。

民政長官――マルティニーク島で事実上、権力を行使しているロベール海軍総督――は、特に手続きを踏むことなく私を受け入れた。愛想のよい、ほぼ物腰の控えめな、白髪の小男だ。彼は私に事情を説明させた。私は航空学校編成部隊の主任医師として昨年八月一日に復員[*3]したこと、それなのに私にかけられた嫌疑を知らせることさえせずに、フランスの領地で私を囚われの身にするとは常軌を逸したことではないかと述べ立てた。彼は慌てて自らの責任を逃れようとする。例えば、海軍当局のために、自らの権力の一部を委譲してきたことをわかってもらわなければならない、など。しかしだ……しかし、と彼は考えただろう、そう、彼のもとに私が危険な扇動家だと決めつけるマルセイユ警察の報告がすでに、もしくは一緒に送られていたことはほぼ確実である。情報をもたらしたのはカスティン海軍大尉であり、確認のためにあとで彼に電話しようと総督は考えたに違いない。彼は私の抗議を親切に聞いている――個人的に私に対して非常に好感が持てると彼は言う――しかし、彼は私に対する他の反論について私を審問すべきだと感じたのだ。はたして作家なのか、ジャーナリストなのか？（後者の言葉に、非常に目立った警戒の色が彼の表情に表れた）――いや、実際のところ、私はまったくジャーナリストではない――私は自分の立場が有利になる点を意識してこう主張する——厳密に言えば、私は詩的、心理学的な興味を引く本を書いているのだと。その日の夜、収容所の司令官は、翌朝に憲兵隊長のもとへ出頭するという条件付きで、私に家族同伴で自由に街に滞在してもよいと伝えた。

その憲兵隊長——船上で最も強硬で迷惑な人物の一人——は、私たちに対してかなり面倒な接見の場をこしらえてくる。根本的に無作法な彼の話しぶりが、義務的な愚直さと混じり合う様は、とても耐えられたものではない。わずか数分、こいつの無礼極まる態度を我慢することで、自由というこの上ない魅力を取り戻さねばならない。「それでは、宿泊するホテルの名前を教えてもらおうか。だが、気をつけることだ。シュルレアリストだとかハイパーシュルレアリストだとかの詩人など、マルティニークにはまったく必要ない。貴様がここで会う人間などいない、そう覚えておけ。なかでも、色のついた連中は絶対避けること。あれは図体はでかくても子供と同じだからな。何かあいつらに言うと、変なふうに誤解しかねない。ここを立ち去ったら、なんでも好きなことを書くがいいさ」。

実のところ変わった警官だ。制服を見ればフランスの警官に違いないが、あまりに性質《たち》が悪いので、ドイツのゲシュタポかと思ってしまう。その四角張った肩、態度振舞、高飛車な物言い、嘲ってからかうような当てこすり、このようなお偉方の連中がここにいるのはほんの少し前からなのだと急に思い始める——あまりに短い期間だから、現地人は彼らの熱意を笑いものにしているのだ。

彼らは言う、「幸いにも、我々には三つの強力な味方がついている、女とペルノーと蚊だ。ここで三ヶ月も過ごせば熱意も萎えることだろう」。

こうした連中とこの土地との間には、《よそ者》という意識を最高度に印象づけてしまう構造的な不一致が存在している。ヴィシー政権がそれを埋め合わせるだけの力があるようには思えない。島の地理的な位置、そしてフランスの金の大部分がいまだにここに輸送され、戦時中、この島が世界の要所の一つとされてきた事実を忘れるわけにはいかない。休戦で生じた混乱状況のなかで、このような連中の振舞は、あらゆる疑惑を容認するようなものだ。

マルティニークを目指して、ポール・ルメルル号の二、三日後にマルセイユを出航した汽船、カリマール号の船員たちは、ドイツの秘密警察の振りをして、乗客に身分証明の提示を促すという性《た》質《ち》の悪いイタズラを演じていた。このようなくだらぬ行為もまた、機械的で杓子定規で無感覚という、士気を喪失し、一貫して吐き気を催すようなこの政体の延長線上にあるとしか思えない。こうしたことは、この戦争の最も恐るべき武器になってきたのだ。

その朝、私たちが小さなバーで、サトウキビの圧搾機が作動する様子を面白がって眺めていると、船上で一緒に過ごした顔見知りの若いカップルが入ってくる。彼らは私たちに混血の二十歳ぐらいの二人を紹介する。「ブランシャール氏とド・ラマルティニエール氏です」。二人は私たちと知り合いになったことを大いに喜び、この上ない好意を示してくれる。彼らはいくらかの買い物の手助け、移動に必要な案内役、島の景勝地や穴場を教えることを申し出てくれる。彼らにとってこれほどやりがいのあることはないらしく、私たちに奉仕することを喜んでいるようだ。非常に礼儀正しく、陽気で——一見して学生風で、あまり勉強好きのタイプに見えないが——彼らの付き添いを受け入れることに何ら問題はなかった。私はすぐにわかったのだが、彼らを引きつけているのは、私の文学的個性ではないし、その方面に関心を持っているわけでもない。この地では、歓迎する気持ちや喜ばせようとするやり方がやたらに大げさだと聞いていたものだから、私はこの問題について追究しようとは思わなかった。その晩、彼らの友人の家に招待されるのを断れなかったのだが、そこから車で送ってもらう途中、当のラマルティニエールは、かなり押しつけがましい抽象的な解釈をあれこれと忙しく身振り手振りで示して、次のような見解を強調してやまなかった、「マルティニーク人は人の世話をするのが大好きなんです……マルティニーク人はあなた方がお喜びになるようういつでも取り計らうのです」。

翌朝から以後数日、彼らは四六時中、私たちの周りにやって来る。彼らはあくまでうるさく、時には、かなり怒りっぽくなる。そんなわけで、私の妻はダンスホールへ行こうという彼らの誘いを受け入れたわけだが、彼らは妻とダンスをしたいという独占的な特権を主張し、妻の承諾もなく、他から来ている妻への招待を全て勝手に断っていたのが分かって驚いたことがあった。

当のブランシャールとラマルティニエールは、私たちの最初の小旅行に、サン・ピエールと島の北部方面がよいと考えていた。道中、彼らはずっと上機嫌で、クレオールの歌の大量に上るレパートリーを歌い尽くしたこと以外は、辟易するようなことはなかった。私はこの遠出の時に依頼していたのだが、最近耳にしていた「マルティニーク経済史」と児童用地図帳の二冊を、彼らはその翌朝に貸してくれたのだった。

このように、私たちが押しつけがましい彼らの存在を許容し、受け入れ難いことがあっても強く反発しなかったことは、まさに幸運であった。それから程なく、彼らが私たちを欺こうとするのに明らかにうんざりしていること、うち一人はもはや秘密警察に雇われていることを隠し立てもしなくなった事実を知ることになる。もう一人に対して、白昼の長い散歩中にそのことを少し突《つっ》いてみると、彼は道路監視員に所属していることをさもぎこちなく自白するのだった。ポール・ルメルル号で到着していた、ドイツの映画関係者である二組のカップルは、フォール・ド・フランスの居住許可を得ていたのだが、ダンスに興じていたという理由だけで、バラタの収容所に戻るよう通告されるはめになった。実はその二人の若い女性は、ラマルティニエールとブランシャールの誘いで例の野外ダンス・パーティに付き添われたのだが、同行していた男友達とダンスをしないでほしいという彼らの注文を無視してしまったのだ。マルティニークの彼らはそのことを恨みに思い、この制裁が通告されたのだった。

彼らと縁が切れるには、私たちが出航する直前まで、まだ二、三週間は見越す必要がある。私たちがホテルを変えたところ、彼らに貸してもらった本が見当たらないことに気づく。そのことを彼らに伝えると、彼らは何もたいしたことではないと言うのだが、私は一緒にその所有者に事情を説明しに行こうとブランシャールを連れて行く。所有者の部屋の扉は閉められている。そのうち帰ってくるでしょう——私は同意するのだが——本を入れていた引き出しを開けるのに私の立ち合いはまったく必要ないと彼は言うのだ。

彼らはなおも船までついてくる。これは彼らの無自覚でちぐはぐな性質のせいなのか？　私たちが出航するのを彼らは悲しんでいるようだ。そして厄介なことにびっくりするようなことを言い出す、「何はさておき、私たちに何か書いてください」など。小艇《ランチ》のなかで私たちは別れのサインをねだられる。しかし《プレジデンテ・トルヒーヨ》号に乗り移った途端、私はジルベールという名の別の私服警官と鉢合わせになる。当初から、私たちをマークせよと彼らを任命し、ある手がかりから、彼らの上司であることがわかった人物だ。彼は私の荷物を取りまとめ、スーツケースを開けるよう厳命する。そして荷物の中身を検査し始めようともせずに、こう言うのだ、「捜索物件について直ちに答えてもらおう。マルティニークの若者が盗まれたと訴えている二冊の本を探している。それはどこにある？」。私はこのような窃盗は絶対にあり得ないことを弁明しようとする。すなわち、問題となっているのは何ら値打ちのない書物であり、それを我が物とするために、出航の機会を逃すという危険を冒すわけがない。私はもっぱら現実的な論拠を主張し、その論法は十分に功を奏した。彼はもう退去しようとしている。「何も見つからなかったと言うことにしよう。貴様はもうこの島にいることはない。何よりも阻止したかったのは、マルティニークで貴様が講演することだったんだ」。

講演だって？　この最後の時に、私が求めもしていない説明をのたまうこの警官を信じるべき謂われはない。この嫌がらせや苦痛の理由、彼の発言によって、私はその理由の別の側面を追求しなければならないと一層確信することになる。

憲兵隊の手先と狡猾なマルティニークの密偵の間で、なおも私は身を置かなければならない。申し訳ありませんと、いつも一緒にいるこの二人は私に言う――口ひげと編み上げ靴と――漫画に出てくるお決まりのポリ公のような、サヴァンナ公園に沿ったベンチにたむろする図体のでかい道楽者みたいな二人の男。彼らは私たちの真近のテーブルで食事を取る――寝室も私たちの隣だ――私たちが誰かを招待したとき、彼らは身を後ろに反らせて精一杯耳をそばだてるのだ。

★

マルティニークを通過するフランスの作家の周りで講じられた、このような様々な連中が繰り広げる異様な予防措置は、それ自体が島の行政の罪悪感を証拠立てるものであり、疑惑を生じかねない性質のものだろう。確かに、フォール・ド・フランスの最高知識層、特に自由業に携わる人々と最初に接した時から、ヴィシー政権はこの島でまったく威信を勝ち得ておらず、いわゆるその改革のプログラムも何ら信用されていないことが、はっきりと感じられるのだ。《ラジオ・マルティニーク》放送は人々の見識、つまり聴衆の素朴な良識を極端に見くびっている。公式の宣伝スローガンは、とんでもない勇ましさで、過度に単純化されて述べ立てられている。《フランス人よ、あなたがたはその歴史において、奇蹟に立ち会ったことがあった、ジャンヌ・ダルクの奇蹟だ。今日、第二の奇蹟に立ち会う機会があなたがたに与えられるであろう。すなわちペタンの奇蹟だ》。同様に地方紙は、信じ難いことにまともなニュースがなく、黒人の読者のために毎日発行されているのだが、片言のフランス語で《ペタンのおじいさん》による最近の施策をばかばかしいほど称讃している。しかし元帥の顔写真は《国民の革命》を謳う夥しいポスターに掲載され壁に貼られているのだが、一様に引き裂かれている始末だ。確かに組織的な調査を俟つまでもなく、島の広範な労働者階級が英国の勝利以外に希望を持っていないことは明らかだ。こうした希望に対して、人々のあからさまな様子を打ち消そうと、年の初めに、まさに厳しい弾圧に訴え出る必要があったのだ。聞くところによると、たった一日で三百人もの逮捕者を出したそうだ。しかし、これだけでは、人々は監視者の目から隠れようとするばかりで、深い傷を蒙ることはなかった。マルティニーク人は、将来に対する極端な不安に身を置き、感情的な気分で、沖合いをあからさまに横切っていく英国やアメリカの船を決して忘れることはなかったのだ。こうした状況下では、用心深く極度に正当化してみたところで、国民感情が表面に出るのを阻止しようがないわけだ。つまり、ド・ゴール将軍に対する根深い支持が止むことはなかったのだ。

★

あらゆる角度で遠慮なく詮索をして推測すると、経済的、社会的な観点から考察される、島の社会構造そのものに関係した別次元の問題が存在するように思われる。私が寄せ集めた印象では、渡航してきたヨーロッパ人の誰もが、マルティニークを目の当たりにして、その貧窮と荒廃の様相に驚くのである。この点において、フォール・ド・フランス、ここだけは特にそれが顕著なのだ。一九〇二年の大噴火によるサン・ピエールの壊滅後、この都市は首都の地位に昇格したのは良いものの、ほとんど近代的な改善の恩恵を受けていないことに驚かないわけにはいかない。商店街をざっとひとまわりすると、その不振ぶりが目立つ。数百の複製品を、同じように一面に並べて安売りしている店ばかりだ。例えば、地場産業も高級品店もない。一九四一年の春の時点で、二、三軒の書店があって、二十冊程度のくたびれた本が乱雑に棚に並べられていたが、どれも読むに耐えない代物ばかりだった。ラム酒は、一リットルあたり五、六フランするのだが、酒に入りびたり勝ちな最貧困層の人々が耐え難い思いをしなくて済むように、幸いにもその蒸気が匂わない場所に遠ざけられている。この国の農業開発については、広大な耕作地を開墾しないまま、現実にサトウキビが減少しており、三世紀にわたってこの地で続けられた植民地政策には人々を元気づける発想すらない。すべてが嘆かわしい管理を示しており、それがどのように行使されていたのかを知ることすら無駄なほど、途方もなく完全な失敗であったことは事実である。このことから、この島の不可解な謎は、永遠に過ぎ去ったはずの過去の時代の濁った光の中で、明らかになっていくのである。

★

この問題について、土着民に尋ね、その意中を探ることはやめた方がよいだろう。そんなことをすれば、彼らの視線は、《ディディエ地区》という名で知られた街の郊外に住む大富豪の特権階級の方へ避けがたく向けられるだろう。この植民地化の精神を具現し、島の生活を多少なりとも奴隷状態に置いている化身のような人物がいるのだが、その名前をわざわざ土着民に尋ねる必要もない。その男の名はオベリー[*4]という。今は老人だが、聞くところによると、その昔、彼は申し分のないほどバルザックの登場人物さながらに振る舞っていたそうだ。島の最も広大なラム酒製造所の経営者であり、マルティニークでいまだに敷かれている時代遅れな封建制度の最高の化身として知られている人物だ。大農園や工場、征服以来定住してきた一族による商取引の独占、そのすべてが事実上、真の王朝を構成しており、その特権や利権を守るのに汲々としている有様だ（絶大な権力を有する一族のなかでしか結婚させないというのが慣例なのだ）。この一族の若い娘や女の子は、腰と肩に鮮やかな色のリボンを結んでいて、遠くからでもそれとわかるのだが、寄宿女学校の門前で車を待っている。それを見て人々は思う、彼女たちの魂は、その向こうに広がる大いに教化された世界で生きることをまさに運命づけられているのだから、その純潔で誇り高い態度で、彼女の父祖たちのふしだらさを償ってほしいものだと。なぜなら、この支配者の正妻の誇り高い保護下に育てられている、百二十五人もの工場主の私生児たちがあちこちにいるからだ。神話が混ざったものかどうかわからないが、オベリーという奴は、数人の軽薄な連中を楽しませるために、昔風の野蛮で露骨な見世物を行う一大興行主と見られなくもない。というのは、一九四一年の時点でわずか七フランの賃金で、何ら希望もなく、繁茂する豊饒な自然を背景にひたすらサトウキビを刈って縛り続けるしかない黒人奴隷の凄まじい苦役を、鞭をちらつかせながら監視しているからだ。（かつては、ロバート・ブラウニングの父のように、このような財産の相続を拒否することを名誉に思う人々がいたのだが）。オベリーは裁判による悪名高い揉め事、実際は彼の《演出》によって知名度を高める揉め事だが、それに勝るとも劣らず、彼の資産や、一族の子孫に高位高官を輩出する彼の親族・姻戚関係のおかげで興行主としての役割が与えられているわけだ。噂によれば、フォール・ド・フランスに留まりたければ、誰もが意識的に自己宣伝に徹しなければならないという明白なルールが存在するそうだ。他の手法に頼る確実な対策がない場合、比較的平穏な時にここに上陸した作家は皆こう言うのだそうだ、《ディディエ地区の総統》から緊急の招待を受けたので来島したのだと。訪問すると、沢山のお世辞で歓待され、心遣いともてなしに圧倒されるのだ。ディナーの間中、極上のワインが注がれ、彼が言い表す危険とは正確にどんなものかを探ろうと、作家たちは彼に話をさせるよう画策する。実際に彼に話をさせて専門家に検討してもらったあと、もし危険がまだあるようなら、彼を買収すべく非常に冷静に値踏みするのだ。少なくとも理論上、彼が関心を持っていると表明する何がしかの作品を救い出し、十分に彼と妥結するか、あるいは、せいぜい彼の沈黙を勝ち得るために、作家に対する疑惑度と支払可能な度合いに応じて五万、十万、二十万フランもの小切手が行き来する。作家の性格によりうまく立ち回ることに失敗してしまうというやや例外的なケースがあるが、そうなると彼は作家の依頼に応じた有利な証言をするという意志や行動を中止してしまう。そして監禁や尾行という手法が完膚なきまでに実行されることになる。戦争前は、躊躇なく、最も極端な脅迫手段が行使されていたのだ。

★

地方での噂は、この点で大きな教訓であり、少なくとも地元民が普段から気軽にしゃべり合っているいくつかの本音が吐露されている。マルティニークの凄まじい悲惨さに同情を覚える者は皆、命を懸けて、知らされるべき原因を究明する意志を表明している。かつてフランスが経験した危機と混乱の時代では、際限なく続けられる関係者の議事妨害が当てにされていたものだ。今回もし当てにするとしたら、権利というものであろう――一世紀半前に成ったこの古い権利は、もはやごまかしや違反するための駆け引きの道具になってしまったが、非常に多くを要求する権利であり、唯一、一七九三年の国民公会で採択[*5]されたものだが――もしこの権利が再び、人間の行動やマルティニーク人、長きにわたり隔離されていた犠牲者に施行することができれば、釈明を要するスキャンダラスな事実が特に圧倒的な量で露見してくるであろう。調査された詳細な資料が、一冊の本の規模で裏付けられ、すでにこの問題に係る証拠が収集されていることを私は知っている。この短い報告文のなかでは、知的で倫理的な雰囲気に適うよう限定された、二、三の章の見出し文程度に留めておこうと思う。然るべき時に、第三共和政の内政の底辺に潜む卑しさを明るみに出せるよう、私は利用可能なあらゆる情報を取っておくつもりだ。

★

大昔から、マルティニークではどのように選挙が実施されていたのか。《母ちゃん豚》と呼ばれる二重底の投票箱を使っていたそうだ（日曜日に実施される選挙の結果は、すでに前の週の火曜日に市長に伝えられているという話だ）。

★

ジョルジュと、エマニュエル（マノ）・ド・ラコスト兄弟という輩がいて、一人は弁護士、もう一人は実業家だ。——数々の訴訟を係争しながら、彼らの父が代訴人となり、この島に恐るべき強権を敷き始めた（森での決闘、銃撃、仕込み杖による攻撃）。「こんにちは」という挨拶に対する彼の返事はこれしかなかったそうだ、すなわち「法廷で会おうぜ」——一日に軽罪裁判所で二十五件もの訴訟を持ち、ラコスト家と一緒に呼び出されるわけだ（ラコスト対ラコストは数に入れていないが）。

ラコスト家は、常にオベリーの重要な取り巻きだ。——彼らがオベリーと関係している以上、私は秘密を守る必要などないと思っている。なぜなら、あらゆる訴訟案件のたびに、彼らの名前が耳に入り、公然と弁護されるからだ。

★

国税局による訴訟があっても、フォール・ド・フランスの裁判所ではオベリーは無罪となる。この場合、マノ・ド・ラコストの仲介により、レメリー――かつてオベリーが上院議員に選んでやった島の入植者の私生児――が、当判決に対して上告しないよう国税局に約束を取り付けるのだ。そのため、控訴院の裁判官を《買収》したのではないかと告発される。しかし収賄の手先とされたマノ・ド・ラコストは、逆説的な仰天すべき行動に打って出る。すなわち、裁判官と交わした往復書簡や小切手の写しを冊子にして公表すると脅しをかけるのだ。こうしてオベリーは重罪院で無罪となる。そして二、三年後、レメリーが法務大臣に昇進したというわけだ。

★

多少なりとも詐欺まがいの手口のなかで、特にオベリーは未成年者に相続された有価証券を私的に買い取ろうとしている。そのため、彼の弁護士であるジョルジュ・ド・ラコストは、マルティニークでの休暇中、法解釈の特別鑑定を下し――噂によれば報酬として二十七万フラン相当が支払われたらしいが――このような場合に必要な法による保護もないまま、オベリーが望む示談を裁判所に承認させたのである。それを成し遂げると、ジョルジュ・ド・ラコストはフランスへ戻って結婚、彼の妻は突然の死を遂げる。そして彼は、オベリーに有価証券を売却させた未成年者である長女を秘書として雇い入れる。やがてこの二人の仲睦まじさは明らかとなり、二人は結婚に至る。そこで彼は夫という立場から、法律顧問として、結果的にオベリーに数百万フランを儲けさせた法解釈の特別鑑定を無効とする異議申し立てを行う。これらの揉め事のあとで、彼はパリの弁護士会から消え去ったという。彼が自発的に消え去ったのかどうか、ほとんど確証がないままだ。

★

アリッカーは、自ら運営するコミュニスト誌に、一連の暴露記事を発表した。すると彼は一九三四年一月十一日に行方不明となり、彼の死体が後ろ手に縛られたまま水中から引き揚げられたのだ。殺人犯として挙げられていたダーシー・モファとその運転手のメロンは、ジロンド県の重罪裁判所で一九三六年一月二十二日に無罪放免を言い渡される。実は犯行直後に、オベリーの娘婿のド・ラヴィーヌがマルティニークを去りパリに飛んだことが分かっていたのだが、捜査判事は彼の居場所を発見するのは不可能だと表明する。——そこでオベリーに殺人の責任を取ってもらおうと、アリッカーの兄は彼に向けて数発の弾丸をお見舞いしたのだ。この二回目の事件がマルティニークの重罪裁判所で審理されるのだが、オベリーの弁護を務めたのは、パリの弁護士会に正式に登録抹消されて以来、札付きのファシストとなったジャン＝シャルル・ルグランという男だった。審理の途中でルグランは、オベリーが襲撃の対象となっていることを表明し、彼の車のボンネットに至近距離から撃たれた五発の弾痕があることを示した。しかし、それにもかかわらず、世論の大きな高まりにより、アリッカーの兄の無罪判決が勝ち取られたのだった。

さらにまた、これら数々の多少なりとも目立った事件について、マルティニークの植民地化の悲劇に対する私たちの関心は尽きることを知らない。少なくとも、裏切りやスパイ行為によって暗い気分にさせられるなかで、今日もなお陰謀が仕組まれているという思いに取り憑かれるのだ。私がフォール・ド・フランスで出くわした理不尽な待遇の理由について、これ以上追及すべきだとは思わない。私はこれから反動として巻き起こりそうな、わくわくするような筋立ての予感をここに書き示そうとしたにすぎない。シナリオは受け入れられ、マルティニークの、奥深い忘れられがちな森の、唯一の光のなかで、あらゆるものがその筋立ての進展に位置づけられなければならない。しかしながら、このような官憲の取り締まりに傷つき、刃向ってきたものこそ、私にとって非常に貴重なものなのだ。それこそが、この島の絶対に奪われることのない詩に混ざり合い、この森のかすかな香りさえ損なおうとする連中にまで染み通っていくものなのだから。

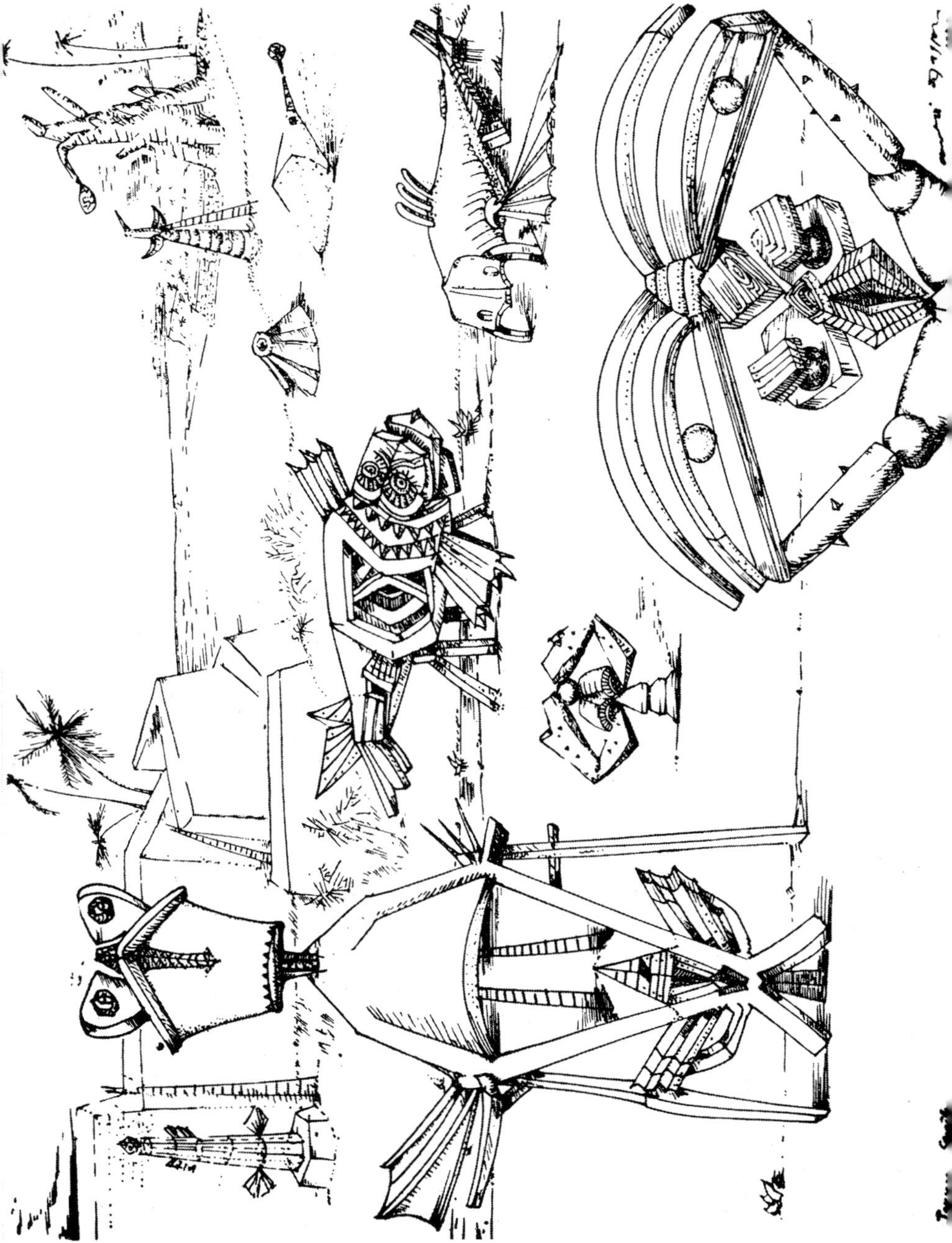

機関誌『勝利のために』に掲載、
ニューヨーク、一九四二年二月七日・十四日

訳註

＊ 原文は《gommier》、すなわち、ゴムの木だが、その幹で作られた丸木舟も同様に《gommier》と呼ばれている。

＊ ラザレ **Lazaret** とは、一般的に癩病患者居留地に使用される用語。

＊ ブルトンは一九三八年九月二十九日、ナチスのチェコスロヴァキア侵攻直後に召集を受け、十月八日一時的に帰還、翌三九年、ナチスのポーランド侵攻直後の九月二日に再召集され、翌四〇年初頭からポワチエの航空学校に主任医師の資格で配属されていた。

＊ ウジェニー・オベリー **Eugène Aubéry**（1879～1942）。両大戦間において、マルティニークの政財界に君臨した大富豪。一九三〇年にマルティニークに建造された彼の大邸宅は、シャトー・オベリー（オベリー城）と名づけられ、現在は観光地となっている。

＊ 一七九三年六月二十四日、フランス革命政府による国民公会で採択された憲法典には、人民主権、抵抗権、奴隷制廃止など、多くの権利が謳われた。

UN GRAND POÈTE NOIR

par André Breton

偉大なる黒人詩人

アンドレ・ブルトン

一九四一年四月。一隻の船の残骸が、視界をさえぎっている。浜辺で珊瑚に張り付かれ、波に洗われているその残骸は――少なくとも子供たちにとって、一日中はしゃぎ回れる願ってもない場所だが――銃剣に挟まれながら移動もままならない私にとって、微動だにせぬその残骸を見ても、苛立ちを抑えることはできなかった。フォール・ド・フランスの錨泊地、ラザレ収容所でのことだ。数日後、ようやく解放された私は、ありとあらゆるまだ見ぬ光景を、貪るように見て回ろうと、街路に飛び出して行った。目くるめく市場の光景、ハチドリのさえずるような声、世界一周旅行から戻って来たばかりのポール・エリュアール*1が世界中のどこよりも美しいと言った、この地の女たちにもかかわらず、すぐに一隻の難破船の姿が、再びすべての視界を覆い尽くそうと脅かすかのように立ち現れてくるのだ。つまりこの町そのものが空虚で、魂の抜け殻のように見えたのだ。商店街の、あらゆるショーウィンドゥの商品が、何やら不安げで観念的な印象を帯びている。動きがいささかのろく、物音が浜辺に打ち上げられた漂流物に反響するように、やけに鋭い。外気のなか、遠くで響き続ける警鐘。

私がたまたま娘のリボンを買い求めた際、リボンを売っていた小間物屋に置かれていた一冊の雑誌を拾い読みしたのは、こうした状況でのことだった。非常に質素な装幀のこの雑誌は、フォール・

ド・フランスで発行されたばかりの『熱帯《トロピック》』という雑誌の第一号だった。言うまでもなく、昨年来、思想がどれだけ腐敗の一途をたどったかを目の当たりにし、マルティニーク警察ならではの容赦ない仕打ちに苦しめられた私は、極端な先入観をもってこの文集を開いたのだ……。私は我が目を疑った。そこに書かれていたのは、まさに言わなければならないことだった。しかもそれは、見事であるばかりか、この上なく力のこもった高い調子で言われていたのだ！しかめ面をしたあらゆる人影がすべて引き裂かれ、四散していった。あらゆる嘘、あらゆる愚弄がずたずたになった。人間の声は、打ち砕かれることも揉み消されることもなく、まさに光の穂のように、ここに昂然と掲げられていたのだ。エメ・セゼール、それが語り手の名だった。

分けもなく私は、いささか誇らしい思いがしたのを禁じ得なかった。彼の言葉が私には親しいものだったからだ。引用されている詩人や作家の名前だけでも、私の称讃を確実に保証するのに、それ以上に彼の語る調子が、自らを欺くことのない人のものだった。それは、一人の男が自らの冒険に全身全霊をもって打ち込んでいること、それと同時に、美学的な観点からだけでなく、倫理的・社会的な観点からも、自らの発言を裏付ける能力、いやそれどころか、それによって事態を必然的で不可避のものにしてしまう能力を、彼が完全に有していることを証していた。彼と並んで収められている文章は、明らかに彼と同じ方向を目指しており、それらの人々の思想は彼の思想と渾然一体となっていた。それに先立つ数ケ月間にフランスで出版された、奴隷根性とも言えるマゾヒズムを露わにした出版物と際立った対照を見せて、『熱帯《トロピック》』は、王道を切り拓いていたのだ。セゼールは宣言する、「我々は、闇に対して否《ノン》と言う者である」と。

彼が示し、その友人たちの助けよって識別できるその大地こそ、紛れもなく私の大地でもあった。私が闇に飲み込まれるのではないかとあらぬ恐れを抱いた、我々の大地だったのである。読む者は、彼の高揚を肌で感じ、彼の意図するものをまだ十分に理解しないうちでさえ、何と言おうか、最も簡単な言葉から最も微妙な表現に至るまで、彼の口を通して語られる言葉がすべて赤裸々であることを感じ取るのである。それこそがセゼールにおける、大詩人を小詩人からたやすく分かつ、究極の具体性であり、常に語調が変わらぬ大いなるものの資質なのだ。その日、私が知ったことは、この動乱のさなかにおいてさえ、言葉の音律はいささかも狂ってはいなかったということだ。つまり世界はまだ破局に瀕してはいなかったのだ。世界に再び正気が甦るであろう。

幸運な時につきものの、とある偶然から、このマルティニークの小間物屋を営んでいたのは、セゼールとともに『熱帯《トロピック》』の中心人物であるルネ・メニル*2の妹であることが程なく分かった。彼女の仲介によって、私が店のカウンターで慌ただしく書きなぐった数語の書付は、最小限の時間で届けられるだろう。事実、一時間も経たないうちに、彼女は街路をうろついている私を探し出し、私に会いたいという兄の伝言を伝えてくれた。メニル、奥ゆかしさに秘められた深い教養、非の打ちどころのない節度ある物腰、にもかかわらず、溢れんばかりの活力が沸き立つような波動となって伝わってくる。

そして、翌日はセゼール。彼の混じり気のない肌の黒さを目にしたときの自分の反応は覚えているのだが、彼が微笑んでいたので、最初、その黒さに気づかなかった。彼をひと目見て、私はわかったのだ。そして私には見えたのだ、それはすべてその後の彼を確証することになるのだが、彼こそは激しく熱して発酵の沸点に達した醸造桶だということを。そこでは、これまた最高レベルに達した彼の知識が、魔術的な力を呼び込んで融け合っている。私にとって彼という存在の出現は、その日だけで終わるのではなく、時の兆しとしての意義を持っている。すなわち、精神を放棄することに慣らされ、死の勝利を全うする企て以外に何も生み出されるものはなく、芸術でさえ、旧弊な概念に凝り固まりかねないこの時代に、彼こそは、ただ一人立ち向かっているからだ。この一人の黒人によって、あらゆる自信を取り戻す最初の清新な息吹がもたらされているのだ。今日、白人の誰もが為し得ないやり方でフランス語を操っているのは、この一人の黒人なのだ。そして我々をして火花の上を前進させ、戯れているかのように、徐々に発火点を作り上げながら、未踏の地平へ我々を導いているのは、この一人の黒人なのだ。しかもこの黒人は、単に一人の黒人としてではなく、全人類を体現し、人間のあらゆる問いかけ、あらゆる苦悩、あらゆる希望、あらゆる歓喜を表す、人間の尊厳の模範として、ますます私を引きつけて放さない。

黄昏時、外からの光が水晶のように見えるバーで、当時リセでランボーの作品を題材にした授業を終えてやって来たセゼールとの対話の数々、そしてポンチ・フランベ[*3]の炎のように美しいシュザンヌ・セゼールの存在によって一層魅惑的なものとなった彼の自宅のテラスでの語らい、さらに何よりも島の奥地までの遠足。私たちが非常な高所から目も眩むアブサロン[*4]の淵に身を乗り出した時のことは、いつまでも忘れないだろう。その淵は、世界を揺り動かすほどの力を持った詩的イメージが、生成攪拌する坩堝そのものだった。すさまじい植物の渦のなかで、一本の槍の穂先で震えるような三重の花芯を持ったバリジエ、その謎めいた巨大な花だけが唯一の目印だった。そう、この花に啓示を受けるかのように、我々の時代が人間に課した使命、自らの存在をもはや許容できぬまでに人間を追いつめた思考や感覚の形態を力ずくで断ち切らねばならぬという使命が、まさに厳然と私に示されたのだ。そして私は断固として確信したのだ、さまざまなタブーが排除されない限り、すなわち、あの世への――おまけにますますいい加減な――信仰、人種や民族にとらわれた不条理な集団意識、金の力に訴えるという最低の卑劣さ、こうしたものを抱えた致命的な毒素を人間の血から除去できない限り、何ごとも為し得ないだろうと。過去一世紀来、我々を窒息させるこの枠組みを打ち砕くことが詩人に課された役割だったことは、間違いのない事実であるが、特に重要なのは、この任務を最も徹底して果たし得た者こそが、後世に聖別されるのである。

その日の午後、あらゆる緑が堰を切ったように現れ出た鮮烈な光景を目の当たりにして、私は、偉大なる詩人の一人と非常に親密な一体感を感じるとともに、その人物が他の誰にもまして意志の人であることを知り、さらにその意志が私の意志と本質的に違わぬものであるという至福を体感したのだった。

そしてまた、彼が完璧な実行の人であることの証拠を私は手にしていた。その数日前、彼は自著である『帰郷ノート』を私に贈ってくれていたのだ。それはパリのある雑誌から抜粋した薄い印刷物で、そこに書かれた詩は一九三九年の時点では注目もされなかったのだろう。しかし、この詩こそは、紛れもなくこの時代の詩の最高の金字塔であった。それは有り余る確信を私にもたらしてくれた。自分ひとりでは決してたどりつけない確信である。その著者は、私が常に正しいと信じてきたすべてのものに賭け、そして間違いなく賭けに勝っていたのだ。セゼールの紛れもない天才を考慮すると、その賭金とは、我々に共通する生についての見解だった。

そして、その詩にまず見出されるのは、とりわけ豊饒な生の躍動である。そこには、溢れんばか

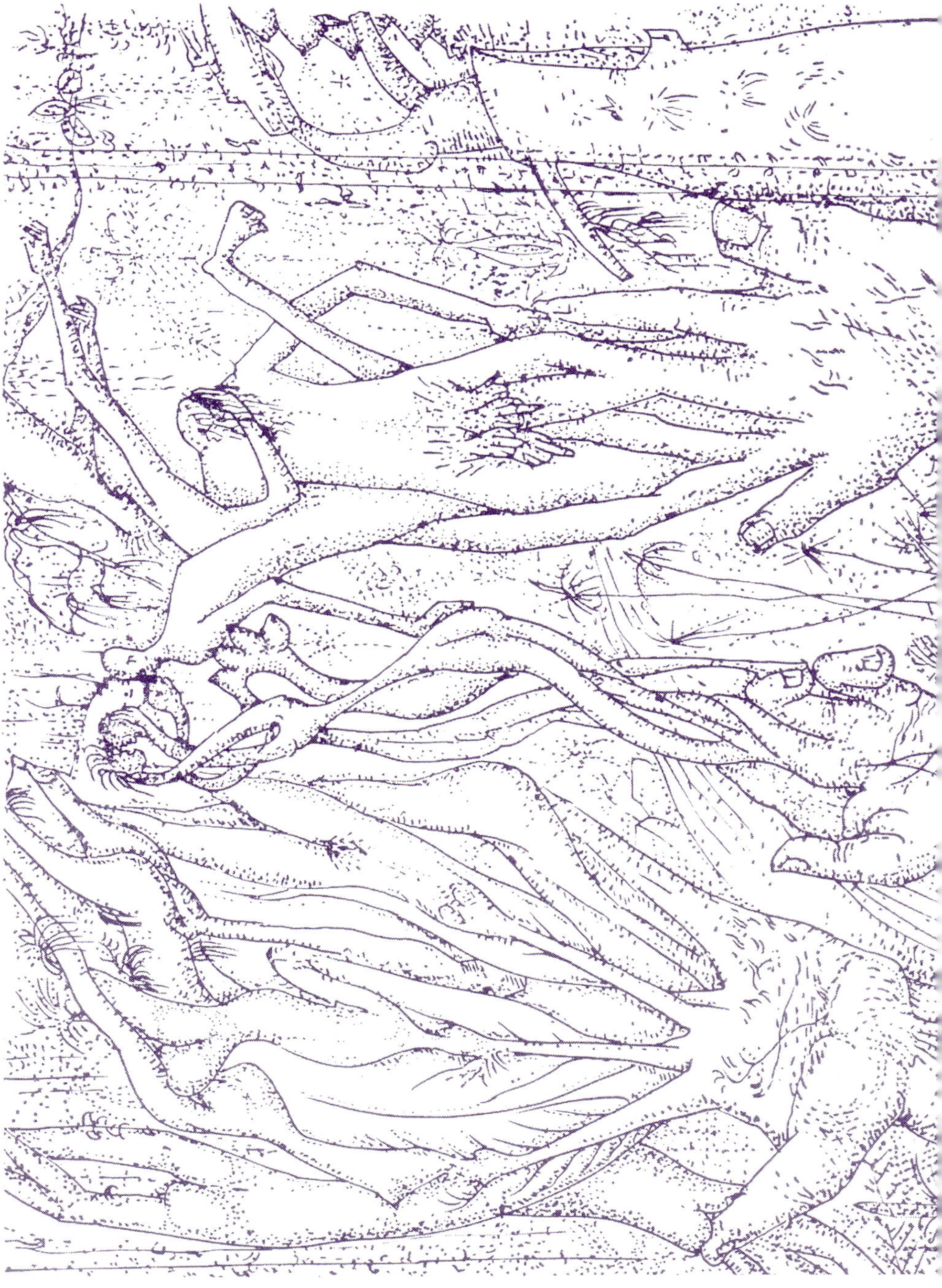

りに束のように噴出する熱気があり、情動の世界を絶え間なく根底から揺さぶり、ついには覆していくほどの力がある。それこそが真の詩の証であり、その周りにいつの世にも有害な類の、見せかけの詩、贋物の詩がはびこるものだが、そんなものとは真っ向から対立するものなのだ。歌うべきか、歌わざるべきか。それが問題であり、詩人に歌う以上のことを求めねばならないとしても、歌わざる者にとっては詩のなかにいかなる救済も見出されないだろう。そして言うまでもなく、歌わざる者たちが、脚韻や韻律構成といった下らぬまやかしをいくら掻き集めても、それはミダス王[*5]の耳をごまかすのが関の山であろう。エメ・セゼールは何よりもまず歌う者なのだ。

十分ではないにせよ、絶対に必要な初歩的条件を満たした上で、詩という名に値する詩は、それが前提とするものをいかに回避し、拒否するかの度合いで評価されるべきであり、詩の本性にあるこうした否定的側面こそが詩の本質であると見なされねばならない。つまり詩というものは、すでに見られ、聞かれ、認められているあらゆるものを現状のまま放置したり、従前の用法を転換するのでない限り、すでに用いられているものを使用することを嫌悪するものだ。その点において、セゼールは最も気難しい詩人である。それは彼が実直そのものであるからだけでなく、彼の知識が該博であり、同時に物事により広く通じているからなのである。

結局のところ――『帰郷ノート』は《思想》詩ではなく《テーマ》を持つ詩であり、その異例な達成に伴うあらゆる曖昧さを断ち切るために、私はここで、彼がその後に書いた別種の詩についても言及していることをはっきりさせておきたいのだが――セゼールの詩は、あらゆる偉大な詩、偉大な芸術と同様、それが発する錬金術的変成の力によって最高度の達成を示しているのだ。その錬金術的変成は、醜悪さや隷従といったものを含んだ最も価値の低い材料から、言うまでもなく賢者の石の真の達成として、金ではなく、まさに自由を生み出すのである[★1]。

天賦の詩才、拒否の能力、今述べた特殊な錬金術的変成の力、こうしたものをいくらかの技術的な秘訣として考えようとするのは、あまりにも馬鹿げたことだ。それについて唯一正当に言い得ることは、生の情景を前にした情動の並はずれた激しさ（それは生を変えるために生に訴えかける衝動をもたらす）こそが、この三つの才能すべての最大公約数であり、しかもそれは生の新たな道筋を断固として存続させていくものだ。著者の人格形成に与った凄まじい苦闘に言及し、その形成過程における看過できぬ状況を明るみに出すことが、最低限、批評の場で許されているのである。エメ・セゼールに関する限り、これらを通して、今こそ、我々は大いなる導きによって無関心から踏み出すことを認めねばならない。

『帰郷ノート』は、その点で傑出した、かけがえのない資料である。たいそう控えめなこの詩のタイトルそのものが、著者を最も苛む葛藤、それを克服するかどうかが著者の死活問題となる葛藤、その核心へと我々を導く。事実、彼はこの詩をパリで書いたのだ。ちょうど高等師範学校を卒業し、マルティニークへ帰ろうとしていた時のことだ。生まれ故郷、そう、とりわけこの島の呼びかけにどうして抗うすべがあろうか。その空の、人魚《セイレン》の如き蠱惑的な波のうねりの、甘いささやきに、どうして屈服せずにいられれようか。しかし、すぐに闇が覆い広がる。この郷愁を標的に何が襲いかかるのか、それを理解するにはセゼールの立場に身を置くだけでよい。この森の茂みの背後には、植民地住民の悲惨があり、自らが依存する島の法まで無視してその不名誉に何ら痛痒を感じない一握りの寄生者たちによる厚顔無恥な搾取がある。そして海上にとびとびに散らばった地理上の不利な宿命を持つこの島の人々の諦めがある。さらにその背後には、過去二、三世代の隔たりを置いて奴隷制があり、ここでその傷口は、失われたアフリカ★2の大きさいっぱいに再び開くのである。その傷口とは、祖先が耐え忍んできたおぞましい虐待の記憶であり、すべての民衆が犠牲となった、もはや取り返しのつかぬ恐るべき不正に対する意識である。故郷へ出立しようとし、身も心もその民衆に帰属しているこの一人の男は、白人たちが教えたことをすべて吸収し、同時にそれゆえにこそ一層激しく心を引き裂かれているのだ。

『帰郷ノート』において、権利の要求が、苦悩や時には絶望と相争い、著者が繰り返し、この上なく劇的に己れ自身を曝け出すのもまた当然である。その要求は、この世でこれ以上正当な要求はありえないと何度言っても理解されない要求であり、白人はただ法に照らしてでも、その目的の達成に配慮すべきであろう。しかし、確かに人々はこの要求をおずおずと協議事項に掲げ始めてはいるものの、実現にはほど遠いのが現実だ。「旧来の植民地は、新しい体制下に置かれるべきであり、その自由への前進は、世界共通の事案とならなければならない。有色人種への搾取のみならず、民主主義は、白人による社会的・政治的な《人種差別》に対してこそ終止符を打たねばならない[★3]」。我々はまた、こうした植民地以外の地においても、圧倒的多数の有色人種が屈辱的に疎外され、最下級の苦役に押し込まれている状況に終止符が打たれる日を、同じいらだちをもって待ち望んでいる。この期待が、今次の戦争終結後に実施されるはずの国際的な決着によって裏切られるならば、有色人種の解放は、当然の論理的帰結として、他ならぬ彼ら自身の手によってしか成し遂げられないという立場に、最終的に与するほかないであろう。

しかし、それがいかに根本的な問題に見えても、セゼールの要求の直接的な側面のみを見て満足するならば、それは彼の発言の影響力を許し難く矮小化することになるだろう。私の見るところでは、彼の要求に計り知れない価値を与えているのは、現代社会における黒人一般の運命に付きものの苦悶を、一人の黒人が常に超越し続けていることであり、あらゆる詩人や芸術家、真の思想家の要求と一体となって、しかもそこに彼独自の言語的天才が加わって、現社会が人間に課したより一般的な条件下において、許し難いもの、そしてまた無限に改良可能なものをすべて含んでいるということである。そしてここに大文字で書き込まれるのが、シュルレアリスムが常にその綱領の第一項に掲げてきたことである。すなわちそれは、《理性》という言葉を勝手に使いまわすまでに至った厚顔無恥な、いわゆる《良識》なるものにとどめを刺すという断固たる意志であり、一方が他方を犠牲にして自らに全能の力を取り込み、しかも他方を抑圧しようとして、その力を憤激させずにはいられないという、あの致命的な人間精神の分裂にけりをつけようと望む抑え難い欲望である。奴隷商人どもは世界の表舞台から肉体的に姿を消したとはいえ、その反動として精神的には、疑いなく猛威を振るっているのだ。彼らの《黒檀の木》[*6]、それは支配への夢であり、その半分以上は我々の本性によって強奪されたものであり、船底に寝かして押し込むのに好都合な大急ぎで積み込める船荷なのである。「我々はお前らとお前らの理性を憎悪している。だからこそ我々は早発性痴呆と激発性の狂気と強靭な食人癖を自ら標榜するのだ……私を受け入れてみたまえ。私はお前らを受け入れはしない[*7]」。そして突如、もはや偽りようのない贖罪を約束するかのような、この世を変貌させる眼差し、燠火を覆う青い羽毛、そう、セゼールと私が来たるべき時の偉大なる予言者とみなしている者、つまりイジドール・デュカス、ロートレアモン伯爵の姿が現れるのだ。「ロートレアモンの詩、接収命令のように美しい……彼は叙情的で蒼ざめた幾重もの層を積み重ねる——爛《ただ》れるような夕暮の中、熱帯梨の指が落ちる如く——人間や足や手、そして臍を、序列化された宇宙の驚くべき王座へと祭り上げる、嗤うべき哲学の死のトランペット――天の関門に向かって剥き出しの拳を振り上げる怒号――詩は、規格外の大いなるタムタム演奏のなか、理解不能な星々の雨に至るまで、過剰で常軌を逸して、禁忌を課せられた探求から始まることを最初に理解した者……」[★4]。
エメ・セゼールの言葉、生まれ出づる酸素のように美しい。

ニューヨーク、一九四三年

原註

★1 『フランス文芸』（第七―八号、一九四三年二月）に掲載された、正反対の見解を示した次のような発表を私は予想だにしていなかった。「私はまず詩を、散文に課せられた制約に従うだけでなく、諧調や韻律、音の定期的な反復といった詩に特有の制約に従いながら、なおかつ散文を超える力を持たねばならないエクリチュールであると考えている…」「同様に私は詩に、散文に求められるあらゆる性質、とりわけ飾り気のなさ、正確さ、明晰さを求める…」「詩人は自らが欲するすべてを、そしてそれだけを表現しなければならない。その極限においては、言い表せないもの、暗示、連想を喚起するイメージ、神秘といったものは一切存在しない…」等々。ロジェ・カイヨワは、往々にして優れた霊感の持ち主であるが、ここでは完璧な俗物ぶりを披露している。

★2 レオ・フロベニウスは、中世末期のヨーロッパ人航海者たちの記録を引用して次のように書いている。「船員たちがギニワ湾に到着し、ヴァイダに上陸した時、船長たちは、数キロにわたって長々と両側に並木が植栽され、非常によく整備された道路を目のあたりにして仰天した。そして何日もの間、見事に耕された畑が続く田園地帯を進んで行くと、そこの住民たちが身に着けている衣服が、色鮮やかなものであり、しかもその布は彼ら自身が織ったものだった！　さらに南へ進み、コンゴ王国にたどり着くと、ひしめいている群衆は、《絹》や《ビロード》の衣服を着ており、広大な国々は隅々までよく治められ、君主たちは強大で、様々な産業が栄えていた。彼らは骨の髄まで文明化されていたのだ！」（一九四二年四月、『熱帯（トロピック）』第五号の引用より）。

★3 ピエール・コット『民主主義憲法の諸類型』（一九四三年十二月、『自由世界』第二号）

★4 エメ・セゼール『イジドール・デュカス、ロートレアモン伯爵』（一九四三年二月、『熱帯（トロピック）』第六―七号）

訳註

＊1　ポール・エリュアールは一九二四年三月から約七ヶ月間、失踪同然に行方をくらまし世界旅行に出かけた。

＊2　ルネ・メニル René Ménil（1907-2004）、マルティニークの詩人・作家。セゼール同様、フランスで学業を修め、一九三二年、ブルトンの著作の題名を引用した『正当防衛』誌をパリで発刊（創刊号のみで発禁）。以後、哲学教授としてマルティニークに戻り、一九四一年から四五年までセゼールらとともに『熱帯』（トロピック）誌を発行。一九八一年には、それまでの著作を集大成した選集『Tracées（道筋）』が刊行された。

＊3　ポンチ・フランベ…火をつけ、アルコール分を飛ばして香りをつけた料理。

＊4　アブサロンの淵…「震えるピン」訳註＊19参照。

＊5　ミダス王…ギリシア神話に出てくる小アジアの王。お金が欲しいあまり、触ったものすべてを黄金に変える能力を与えられたが、食べ物まで黄金に変わって餓死しそうになったことから、その力を取り消してもらった。転じて、表面の輝きしか見えず、本質を見落とす者の喩え。

＊6　黒檀の木…奴隷売買船で運ばれる黒人奴隷のこと。奴隷商人は一度に沢山運搬できるよう、黒人奴隷を寝かせたまま船倉に詰め込んだ。しかも次の売買地へ何度も往復して運搬するため積み込み作業は急ぎ働きだった。

＊7　エメ・セゼール『帰郷ノート』からの引用。

ANCIENNEMENT RUE DE LA LIBERTÉ

par André Breton

かつては自由通りで[*1]

アンドレ・ブルトン

背の高い黒人実業家が白いイグアナの革製鞄を見せびらかしている
花々がいっぱい詰まった風そよぐ弁舌のなか
クレオール女性の軽い棺桶台[*2]は
駝鳥の羽根飾りを高々と掲げ
サヴァンナ公園のあらゆる反射光の水に燦めく
蛍の尖端の光が私を刺し貫き
あらゆる幕間のベルが結集する熱帯の夜
モダンスタイルの花瓶と香水壜が熔岩の波のまにまにいつまでも揺れ動いている
往時のサン・ピエールのランプがいまだに点灯するのか私は確かめる
間歇的に吹き出す生命は緑のハチドリのぱちぱちいう音だ
そして君の海産市場のささやきを私にもたらしてほしい
「ビヤン・ボン・ボゥ」のカウンターから

「アロンヌ・カシェ・メザミ」[*3]まで
過ぎ去った世紀を讃えて
とりわけ中傷されてきたいわゆる敵性人種よ
私の飢えに千の接木を持つ樹木を降り注げ
ただ一人物言う者の切り株から
それはずっと以前から私自身のうちでその復権を願っていたものだ
ここでは夥しい蔓にからまれたウォーレス[*4]の泉が神話的な姿を見せる
向こう岸ではその足取りだけで十分美しい女王が通り過ぎる
セネガルの薔薇の如く明るい黄昏のような彼女の乳房
若さに溢れた彼女の手は宮殿の鉄柵[*5]に沿って戯れている

フォール・ド・フランス、一九四一年五月

訳註

＊1 「自由通り」とは、フォール・ド・フランスの中心、サヴァンナ公園とビジネス街を分かつ幹線道路。ブルトンがこれを書いた一九四一年は、ヴィシー政権下において、自由という名称をはじめ、いくつもの通り名が改名させられていた。

＊2 サヴァンナ公園に鎮座する王妃ジョゼフィーヌ・ド・ボーアルネの彫像を形容しているものと思われる。

＊3 「ビヤン・ボン・ボゥ」**Bien bon beau**（素晴らしく綺麗で美しい）、「アロンヌ・カシェ・メザミ」**Allons nous cacher mes amis**（我が友をかくまって）、いずれも自由通りにあった店の名。

＊4 パリに飲料用の水道栓を設置した一九世紀英国の慈善家リチャード・ウォーレスにちなみ、同様の水道栓と泉がある場所をウォーレスの泉と呼んだ。ここでは、水道栓という西洋文明の模倣と、自由な自然の象徴たる蔓を対比させている。

＊5 宮殿の鉄柵とは、圧政を象徴しているものと思われる。向こう岸を歩く黒い女王の若々しい手が、鉄柵に触れて戯れることで鉄柵が崩れ落ちることを暗示している。

魅惑と憤激のエクリチュール——解題に代えて

松本完治

詩の抱擁は肉体の抱擁の如く
それが続いている限り
あらゆる世界の悲惨から免れる

──『サン・ロマノの途上で』より

本書『マルティニーク島　蛇使いの女』は、一九四八年、パリのサジテール書店から六百二十五部限定版で刊行された初版本を元に訳出したものである。すでに英訳、独訳版が刊行されているが、この完訳版をもって、ようやく我が国にも紹介できる運びとなった。しかも、初版本に収録されたアンドレ・マッソン（一八九六〜一九八七）の素晴らしいデッサン九点（うち四点は濃紺色）の挿入箇所をも忠実に再現したのは、おそらく本書が初めてであろう。

著者のアンドレ・ブルトン（一八九六〜一九六六）については、すでに拙訳書『至高の愛』（二〇〇二年、エディション・イレーヌ刊）の解説において詳述したので割愛するが、本書は様々な形態のテクストを寄せ集めた特殊な構成となっており、ブルトン自身が編んだアンソロジーである。

『マルティニーク島　蛇使いの女』初版本（1948年）

目次順に発表年を挙げていくと、マッソンの詩『アンティル』は一九四四年、『クレオールの対話』は一九四二年一月、『震えるピン』の一部は一九四一年八月、次いで四二年四月、『濁った水』は一九四二年二月、『偉大なる黒人詩人』は一九四三年末、『かつては自由通りで』は一九四一年五月である。つまりブルトンは、戦時中、マルティニーク島やアメリカで執筆し各種雑誌に発表したテクストを、それぞれの執筆や発表の年代順を考慮せずに、帰仏後の一九四八年、緒言を冒頭に加えて、表題を『マルティニーク島　蛇使いの女』とし、一冊の本にまとめたわけである。

一見バラバラに編まれたように見える本書は、実は巧みな構成によって、全体として一個の詩的融合体として機能しており、マルティニークの圧倒的な大自然の《魅惑》と、卑劣極まる植民地体制への《憤激》とが渾然一体となって、ブルトンの訴えと詩の真の力が最大限に発揮されているように思われる。その配列の妙とテクストのダイナミズムによる見事な効果については、のちほど詳述しようと思うが、後年、マッソンが、本書について「シュルレアリストが作ったエグゾティスムの書物としては唯一無二のもの」であると評しているとおり、この特殊なアンソロジーは、戦後のシュルレアリスムを語る上で看過できぬ、極めて貴重な一個の作品に仕上がっていると言ってよいだろう。

ブルトンはその生涯において、非西洋文明の地に五度足を踏み入れている。一九三五年のカナリア諸島、三八年のメキシコ、四一年のマルティニーク島、四五年のアメリカ・インディアン居留地、その半年後のハイチであるが、この体験は、エルンストと同様、すでに青年時代から非西洋文明下のオブジェを蒐集し続けてきたブルトンに、大きなインパクトを与えたことは想像に難くない。それが証拠に、いずれの地においても、執筆材料に事欠かず、一冊の本にまとめる意図を持っていたという。

特にインディアン居留地に関しては『北アメリカの偉大なる原始美術』をエルンストとレヴィ＝ストロースらとの共著で発表を予定していたが、ついに実現しなかったことが惜しまれる。もしこの本が書かれていたら、インディアン社会に基づく人類の原初の姿に関するブルトンの先駆的な観点が示されていたであろう。結局、非西洋文明の地に触発されて書物を編んだのは、マッソンの言うとおり、本書が唯一であった。

しかもマルティニーク島は、ブルトンの意志で訪れたわけでなく（生涯、経済的不如意に苦しめられたブルトンは、メキシコ行きもハイチ行きも講演の依頼に応じて赴いたわけだが）、アメリカへの亡命途上で図らずも抑留され、彼自身も迫害を受けた土地だけに、西洋列強による卑劣な植民地化の実相と、非西洋文明下における豊饒たる神秘に彼は一層の衝撃を受けたと思われる。

さらに本書は、ブルトンとマッソンがコラボレートした唯一の作品である。第二次世界大戦は、シュルレアリストたちを四散させ、逆にマルセイユやニューヨークに結集もさせたわけだが、彼ら二人のコラボレートは、戦火に追われた亡命という偶発的事象の賜物であった。そしてそれは、文明の垢に汚されていないマルティニークの炎と燃える魔術的な大自然と神秘に、ブルトンとマッソン両者の異なる個性の間で、通底する感性が触れ合った稀有な例であったといえるだろう。以下、本書の成り立ちを解説するに当たって、マルティニーク島へ至るまでのブルトンらの足跡を確認してみよう。

■マルセイユでの結集

周知のように、一九四〇年六月、ナチスドイツの侵攻によりパリが陥落し、翌月にはナチスの傀儡であるヴィシー政権がフランスを掌握する。当時ブルトンは、ジロンド県にある航空学校の主任医師として召集されていたが、八月一日に約一年ぶりに復員、突如、一文なしで放り出されたのであった。この時から、ニューヨークにたどり着くまでの約一年間、ブルトンの生涯で最も苦難に満ちた時期が始まる。

ブルトンは何とか南仏に住む友人、ピエール・マビーユを頼り、妻のジャクリーヌと娘のオーヴを呼び寄せて合流する。しかし頼みのマビーユも経済的余裕がなく、途方に暮れているところへ、アメリカの緊急援助委員会からブルトンをはじめ、ペレ、マッソンらにニューヨークへ来ないかという呼びかけがあり、その拠点である港湾都市マルセイユに来るよう援助の手を差し延べてきたのだ。

その救援のおかげで、とりあえず同年十月末、マルセイユの郊外にある貸し別荘《エール・ベル》にブルトン一家は落ち着く。間もなくバンジャマン・ペレ夫妻、アンドレ・マッソン一家、ウィフレッド・ラム夫妻、ヴィクトール・ブローネル、オスカー・ドミンゲス、ジャック・エロルドらが同じ別荘に住み着き、別荘全体が共同組合社会《ファランステール》（フーリエの提唱した共産的生活共同体）の様相を呈するようになる。そして時にはマルセル・デュシャンやハンス・ベルメール、マックス・エルンストとその新しい愛人で富豪のペギー・グッゲンハイムなどが顔を見せる。

このマルセイユでのシュルレアリストの一大結集は、戦争がもたらしたものとはいえ、一九三〇年代の数々の離合集散を乗り越え、来るべきニューヨークでの再結集に繋がり、創造の炎が燃え上がる大きなきっかけとなるものであった。エロティシズム小説『聖餐城』の作者、ベルナール・ノエルはその名著『マルセイユ＝ニューヨーク 1940〜1945』で大戦中のシュルレアリストたちの動向を詳細

マルセイユ《エール・ベル》にて（1941年）

アメリカに亡命したアーティストたち（1942年）
上左から、ジミー・エルンスト、ペギー・グッゲンハイム、チェリーチェフ、デュシャン、モンドリアン、エルンスト、オザンファン、ブルトン、レジェ、1人おいて、S.W.ヘイター、レオノーラ・カリントン、キースラー、セリグマン

に描いているが、その六年間の受難と冒険は、戦後のシュルレアリスム運動の一層の深化と拡がりを準備するものであった。

■亡命という苦渋の決断

しかし、その出発点であるマルセイユでの状況は、危険と隣り合わせだった。シュルレアリストたちは、思い思いに詩や絵の創作に勤しみ、詩的遊戯を展開したり、ブルトンの提唱でタロットカードに因む、かの有名なマルセイユ・カードを皆で作成したりするが、発表や展覧会の道は完全にヴィシー政権によって閉ざされていた。当時ブルトンが完成させた長詩『ファタ・モルガナ（蜃気楼）』も『黒いユーモア選集』に続いて発行が禁止され、しかもヴィシー政権の元帥ペタンがマルセイユに凱旋した時は、危険分子として逮捕され、波止場に繋がれた汽船の船倉に四日間も閉じ込められる事態に至るなど、完全に監視下に置かれた状況であった。マルセイユ警察がアンドレ・ブルトンに付与していたレッテル、それは《長年にわたってフランス警察が捜索していた危険な無政府主義者》であった。

打つ手なしの状況でブルトンは苦悩する。できればアメリカへ行きたくない、亡命も消極的手段だ、かといって、このまま何もできないまま留まるのか、刃向かったところで政府は喜んで監獄にぶち込むだろう。エリュアールのように、共産党に復して、その組織の庇護下で対独レジスタンス運動を展開するのか。とんでもない！共産党の対独レジスタンスがスターリニズムの手先であり、スターリニズムこそはファシズムと同様、個の自由を阻害する全体主義の最たるものであることなど、ブルトンはとうにお見通しである。アラゴンに続き、エリュアールも、ましてやダダイストを標榜するツァラまでが共産党という政治組織に加わりソ連邦を信奉するとは、何という節操と定見の無さであろう！

結局、アメリカの緊急援助委員会の誘いに乗るしか手はなかった。レジスタンス運動信奉者や、後世の一部の左翼系評論家は、ブルトンの亡命を「逃げた」「不名誉な行為」と言って非難するが、それはいかなる組織にも属さないブルトンに獄死を迫ることに等しく、無責任極まりない中傷であろう。ここで名誉回復のために私は言っておくが、アメリカへ亡命したシュルレアリストたちは、ヴィシー政権が大目に見ていた雑誌や新聞にも一切寄稿せず、徹底的に当政権に尻尾を振らなかった人たちである。だからこそヴィシー政権は、彼らを追い込み、極度の危険にさらしたわけである。ファシズム系の雑誌に寄稿していたエリュアール、定期的に政権側のラジオ放送で発言していた元シュレアリストの連中、そうした輩はヴィシー政権に逮捕されることもなく、安全地帯にいたことを、後世の我々は知るべきであろう。(ツァラは、アメリカへの亡命ビザ取得をブルトンに頼んでおり、ブルトンは必死にツァラのために奔走・尽力したが、結局、ビザが取れなかった。彼はそのことを恨み、戦後、ブルトンの亡命をなじるという卑劣な行為に出たことを明記しておこう)。

私は、すべての権利を剥奪されたこの時のブルトンの苦渋の決断を、ファシズムをはじめ、人間の心に潜むあらゆる全体主義的心性に最も普遍的な打撃を与えるための、責任ある最善の手段だったと考えている。なぜなら、レジスタンスなどの政治的アンガージュマンは、人間精神の根底に潜む本性に訴える類のものではなく、社会情勢の変化により歴史とともにその効力を失っていくものだからである。

■マルティニーク島へ

亡命の決意を固めたブルトンは、出国ビザが取れずに難渋していた。ヴィシー政権の妨害による可能性が高かったが、アメリカの緊急援助委員会が裏で手を回して、ようやく出国ビザが降りると、今度は旅費の問題が発生する。窮乏に瀕していたブルトンは、幸いにも美術収集家のペギー・グッゲンハイムから旅費を援助され、一九四一年三月二十四日、マルセイユ逗留約五ヶ月にして、妻子とウィフレッド・ラム夫妻らと共に、汽船「キャピテーヌ＝ポール・ルメルル」号に乗船、ついにフランスを後にする。

しかし、乗船した汽船は、客室も二室しかないひどいボロ船で、しかも収容人数を大幅にオーバーした三百五十人も乗船、ブルトン一家を含め、ほとんどの乗客は間仕切りのない船倉で板敷きのベッドで日々を過ごすという、まるで囚人の護送船といった状態だった。

この同じ船に文化人類学者のクロード・レヴィ＝ストロースが乗船していたのは有名な話である。彼は当時、研究対象にしていたブラジルを何度も往復していて、その時もブラジル行きの航路にあり、なんと客室を与えられていたのである。そして途中の寄港地、カサブランカで、彼はブルトンが乗船していたことを知る。まさに偶然の初対面だった。これまで何度も紹介されているが、『悲しき熱帯』のくだりを引用してみよう。

《この徒刑囚の船をひどく居心地悪く感じていたアンドレ・ブルトンは、甲板のところどころにある空いた場所を行ったり来たりしていた。毛羽立ったビロードの服を着た彼は、一頭の青い熊のように見えた。彼と私との間には、その場限りのものではない友情がすでに文通によって生まれ始めていたが、このいつ果てるとも知れない船旅の間もその友情は長く続き、私たちは、審美的に見た美しさというものと絶対的な独創性との関係について議論を交わしたりした》。

二人の友情は戦争後も、密接ではないにせよ、生涯続くのである。それはギリシア・ローマ以来の西洋物質文明に対する両者の深い疑念を基盤としたものであった。

出航して約一ヶ月後の四月下旬、船はようやくフランスの植民地であるマルティニーク島に停泊する。マルティニーク島は、カリブ海のアンティル諸島に浮かぶ、淡路島の約二倍程度の大きさで、全島、鬱蒼とした森林と熱帯植物に覆われた火山島である。十六世紀に先住民のカリブ人が白人入植者に全民虐殺され、根絶やしにされた後、アフリカの黒人奴隷が続々と運ばれて、混血であるクレオール人が増えていくのだが、フランス革命以降、黒人奴隷の反乱が相次ぎ、その都度、圧政を繰り返してきた悲惨な島であった。ラフカディオ・ハーンやゴーギャンが一時住んだことでも知られるが、一九〇二年のペレー山大噴火により首都であったサン・ピエールが壊滅、以後、フォール・ド・フランスに遷都するなど、楽園のような海景とはうらはらに、過酷な近代史に血塗られた島だった。

そんな島だとも知らず、睡眠不足と空腹と劣悪な衛生状態に疲労困憊した乗客は、島影が見えるや狂喜する様が本書にも書かれている。『悲しき熱帯』には、あまりの不潔さに乗客が入浴を渇望していたことが書かれているが、島には風呂などなく、ましてや待ち構えていたのはヴィシー政権下で権力を濫用するファシストの輩であった。レヴィ゠ストロースと数人の乗客以外はすべてラザレの収容所に送られ、またしてもブルトンの苦難が始まる。この後の数々の被害と屈辱は、本書所収の『濁った水』に記されているとおりであるが、こうしたドキュメントをブルトンが書くこと自体が極めて異例のことであり、ブルトンの怒りがよほどのものであったことが察せられる。

一方のアンドレ・マッソンは、ブルトンから遅れること一週間、妻のローズ（彼女の妹が、バタイユの元妻であり、後にジャック・ラカンの妻となった女優、シルヴィアである）と二人の息子を連れて、三月三十一日にマルセイユから汽船「トルヒーヨ」号に乗船、四月三十日にマルティニーク島に到着する。すでにブルトンは、本書に書かれているように、苦難の末、ラザレの収容所から外出許可を得、街なかで偶然『熱帯《トロピック》』誌を発見、エメ・セゼールやルネ・メニルらと出会い、彼らグループと行動を共にしていた頃であった。そこにマッソンが合流し、島内の様々な場所への遠足に加わるのだった。マルティニーク島を出航する五月十六日まで、ブルトンは約三週間、マッソンに至っては約二週間の短い滞在であったが、その期間中に、二人の間で世にも珍しい『クレオールの対話』が交わされたのである。(この対話は、一九四二年一月にブエノスアイレスの「レットル・フランセーズ」誌に掲載され、後に本書に収められた)。

■ブルトンとマッソン

彼ら二人の出会いは古く、『シュルレアリスム宣言』が発表された一九二四年の二月から三月にかけてマッソンの最初の個展がパリで開かれた時期に遡る。そこでマッソンの絵を初めて目にしたブルトンは、即座に興味を覚え、マッソンのアトリエを訪問、作品『四大元素』を買い求め、意気投合する。

しかし、蜜月は長く続かず、一九二九年、マッソンの告白によれば《共同行動》を主張するブルトンに賛同しなかったことが原因で、『シュルレアリスム第二宣言』で痛烈に非難され、ブルトンと袂を分かつことになる。以後、マッソンはバタイユ・グループに近づき交友を深めるわけだが、一九三六年十二月にスペイン内乱の勃発を機に三年ぶりにパリに帰った時に、バタイユの仲介でブルトンと和解、第二の蜜月が始まる。

一九三九年、『ミノトール』誌(十二〜十三号)に、ブルトンは「エロティスムはマッソンの作品における要石とみなされるものだ」と書き、マッソンの人格のうちに真正の芸術家と真正の革命家とが十全に両立しているとして、最大限の讃辞を送っている。マルティニーク行きはその二年後のことであり、マッソンはその時期に、集中的にブルトンの肖像画を少なくとも三点以上描いている。（幾多の画家がブルトンの肖像を描いているが、マッソンの作品は出色のものだ）。二人はまさに蜜月のさなかにあったのだ。

しかし一九四三年、ニューヨークで二人は決定的に訣別する。ブルトンの詳細な伝記を書いたマーク・ポリゾッティによれば、ブルトンらの編集になる機関誌『VVV』（トリプル＝ヴェ）に掲載予定

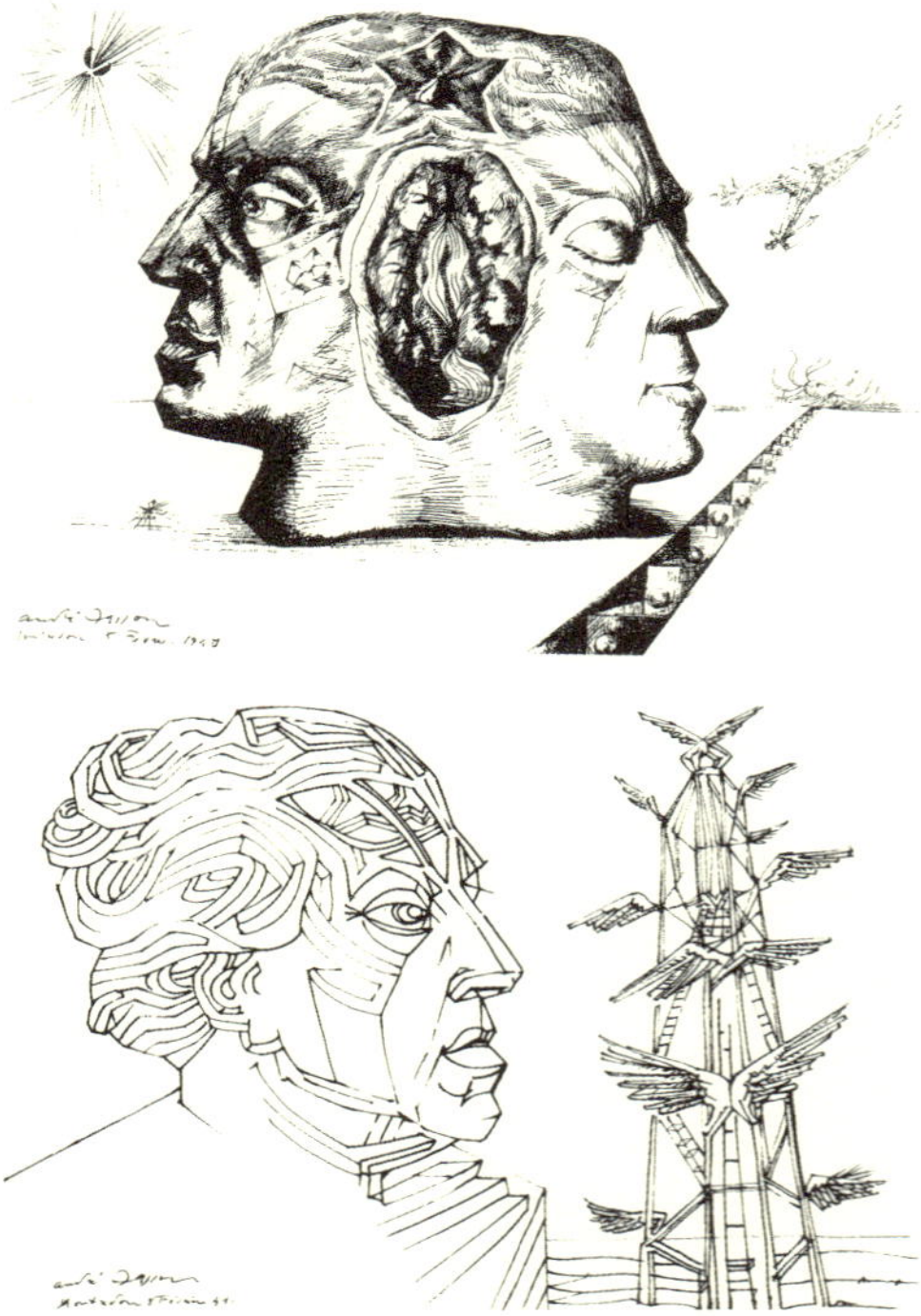

マルセイユで描かれたマッソン画「アンドレ・ブルトン肖像」2点（1941年）

のマッソンの作品のうち、数点が掲載されず、マッソンはその未掲載の作品を他の雑誌に無断で転載したことから端を発したという。つまり、どこまで共同行動の歩調が取れるかという、最初の訣別と同様の動機が再来したわけである。もはや二人は、互いの認識の相違を決定的に認めざるを得なかったのであろう。しかしこの訣別はあくまで行動手法に係る見解の相違によるものであり、訣別後の一九四八年に、『クレオールの対話』とマッソンのデッサンや詩を本書に収録したことからも、ブルトンはマッソンを高く評価していたことがわかる。(後年、マッソンも本書を高く評価している)。

つまるところ、二人は思想的に共通項が多々あったにもかかわらず、やはり肌が合わなかったといってよい。ブルトンという稀有な弁証法的思想家に対して、マッソンの嗜好は、血と暴力へ、そして錯乱と解体へ向かう強烈な個性の持主だったのだ。

こうした両者の差異から眺めると『クレオールの対話』は極めて興味深い内容となっている。対話の流れをたどると、マルティニークの圧倒的な自然への驚嘆から始まり、エグゾティスムへの警戒、アンリ・ルソーの神秘な第二のコミュニケーション、クックの『航海記』における愛の言語、傑作映画『南海の白い影』における至高の愛とそれを潰す物質文明への憎悪、大噴火による歪んだオブジェへのオマージュ等々、ほとんどの場面で二人の思想は重なり合っている。しかし谷川渥氏がその名著『シュルレアリスムのアメリカ』でいみじくも指摘しているように、微妙な点で両者の食い違いが見られるのである。

特に最後の方のシンメトリーについて、ブルトンは「自然は時にはシンメトリーを愛することもある」と言い、水晶やダイヤモンドを口にするが、マッソンは「大自然はシンメトリーを許容しない」と言い、錯乱や不定形を口にする。そして最後にブルトンは「把握できるものと狂おしいものとの和解、人生と夢とを和解させる紋章」を目指して前進しなければならないと、シュルレアリスムの基本綱領の一つを明言して締めくくるわけだが、マッソンにしてみれば、その弁証法的バランスとその象徴たる塵一つない水晶の如き透明な純潔性が感覚的に許容できないものであったのだろう。谷川渥氏

シュルレアリストが絶賛した映画『南海の白い影』（1928年）より、白人医師と島の娘

「欲望の扇の如く（…）広がる葉むらの車輪」
（マッソン詩『アンティル』より）
撮影：David W. Seaman

の穿った言葉を借りれば、マッソンは、アポロンではなくディオニュソスであったのだ。

対話における両者の思考の是非を問うものではないが、マッソンのディオニュソス的な思考、つまり自らの創作上のモチーフにも大きく関わる思考法に対し、ブルトンの弁証法的思考法は、有史以前から脈々と人類に根ざしていた《魔術》的思考法を原点にしているように思える。これはよく言われるようにヘーゲル哲学の借り物ではなく、グノーシス思想や錬金術（ヘルメス学）の根本理念に由来するものではないかと思うのである。

つまり、賢者の石すなわち至高点への鍵は、両極の統合により見出されるという考え方、それはプラス・マイナスの陰陽の統合であり、太陽と月の寓意に示される男女両性の合一（愛とエロス）であり、その統合によって、賢者の石、ひいては黄金が見出されるという考え方である。エリファス・レヴィは言う、「平衡をとる力の存する中心点を手に入れること」（『魔術の歴史』）と。その理念はそのまま十九世紀象徴派詩人の言う万物照応《コレスポンダンス》から成る言葉の錬金術に繋がり、「シュルレアリスムの探求は錬金術の探求と、目的において著しく似通っていることに注意せられたい。賢者の石とは、人間の想像力が一切の事物に対して輝かしい復讐をとげることを可能にするものに他ならない」（『シュルレアリスム第二宣言』生田耕作訳）という有名なブルトンの言葉に繋がっていくのである。

ブルトンが、大自然におけるシンメトリーの稀有な例として水晶やダイヤモンドを口にする時、それは陰陽両極の統合による象徴的素材、つまり錬金術と同様、結晶体に純粋で完全な生の模範的形象を見ていたように思われる。シュルレアリスム、ひいてはブルトンの思想の本質を捕らえようとする場合、アジアやアフリカから派生し、古代から脈々と受け継がれてきたグノーシス思想や隠秘学の系譜をたどる必要があるだろう。それは、本来の生の欲望を禁圧してきたキリスト教文明の弾圧をかいくぐり、近代に至って、ノヴァーリス、シャルル・フーリエ、エリファス・レヴィ、十九世紀象徴派詩人等々に至るまで継承されてきたが、その思想的文脈にこそ、ブルトンの弁証法的思考の鍵がある。

これら思想に共通するのは、宇宙の真理や生命創造の根幹に、陰陽両極の統合原理が横たわっているという考え方である。この弁証法的ともいえる統合原理こそが、原初の人類の心性に根差した生命観、宇宙観の本質であり、ブルトンはそこに、物質文明の桎梏から人間の精神を解き放つ根本的な立脚点を見出していたと考えてよいだろう。

そしてそのことはマッソンも深く理解していたことであった。しかし至高点を希求する者、すなわち古今の精神的錬金術師、いわゆる魔術師たちが自らの「魂の輝くばかりに清潔な状態に固執しなかったためしはない（『第二宣言』）」として、あくまで水晶の如き精神と行動の純粋性にこだわり続けたブルトンに、マッソンがついていけなかった、というより、ついて行くことを拒否したというのが両者の懸隔の真相であろう。つまり、対話に見られるように、「ダイヤモンドに潜む光だけを自然の塵から完全に取り出そう」とする行為を、「解放されるための代償」と見るマッソンと、あくまで本質的な行為であるとするブルトンとの感覚の不一致が、両者の間の決定的な訣別に繋がったと言えなくもないのである。

■エメ・セゼールとの出会い

ブルトンにとって、マルティニーク島での最大の収穫は、マッソンとのコラボレートもさることながら、やはりエメ・セゼール（一九一三〜二〇〇八）との運命的な出会いであっただろう。エメ・セゼールが、その仲間と苦心の末、ようやく『熱 帯《トロピック》』創刊号を発刊したのが一九四一年四月、なんとブルトンがマルティニーク島に上陸を余儀なくされた時であり、発刊間もない時期に、ブルトンは偶然、『熱 帯《トロピック》』を発見したことになる。まさに不思議な磁力に呼び寄せられるかのように、二人は出会ったのだ。

本書所収の『偉大なる黒人詩人』は、セゼールへの最高のオマージュを書き連ねて、ブルトンの筆が全篇高揚している。現存の詩人に対する、これほど高い調子のオマージュは、ブルトンの生涯を通じて異例のことであり、それはそのまま、ブルトンその人を映し出す鏡のように、セゼールを語りながら、シュルレアリスムそのものを語っている感がある。ある意味では、シュルレアリスムとは何たるかの要約版の如く、ブルトンの思想を理解する上で極めて分かりやすい内容となっている。

セゼールの高潔な人格と深い知識もさることながら、一九三九年に発表して黙殺されていた詩集『帰郷ノート』があまりにも素晴らしい作品だったこともブルトンの感動をいやが上にも高めたに相違ない。

エメ・セゼールは一九一三年に小官吏の子としてマルティニーク島に生まれた黒人中産階級の出である。教育熱心な父親のおかげで一九三一年、十八歳の時に高等中学校を卒業しバカロレアに優秀な成績で合格、パリの名門校ルイ・ル・グラン高等中学校の高等師範準備学級へフランス政府給費留学生として、その後八年間をパリで過ごす。いわば黒人の超エリートであった。そこでボードレールやランボー、ロートレアモンの詩に親しみながら、一方で黒人であるというアイデンティティーに苦悩し、徐々に白人が創り出した近代文明なるものに懐疑を抱く。

『熱帯（トロピック）』創刊号（1941年4月）

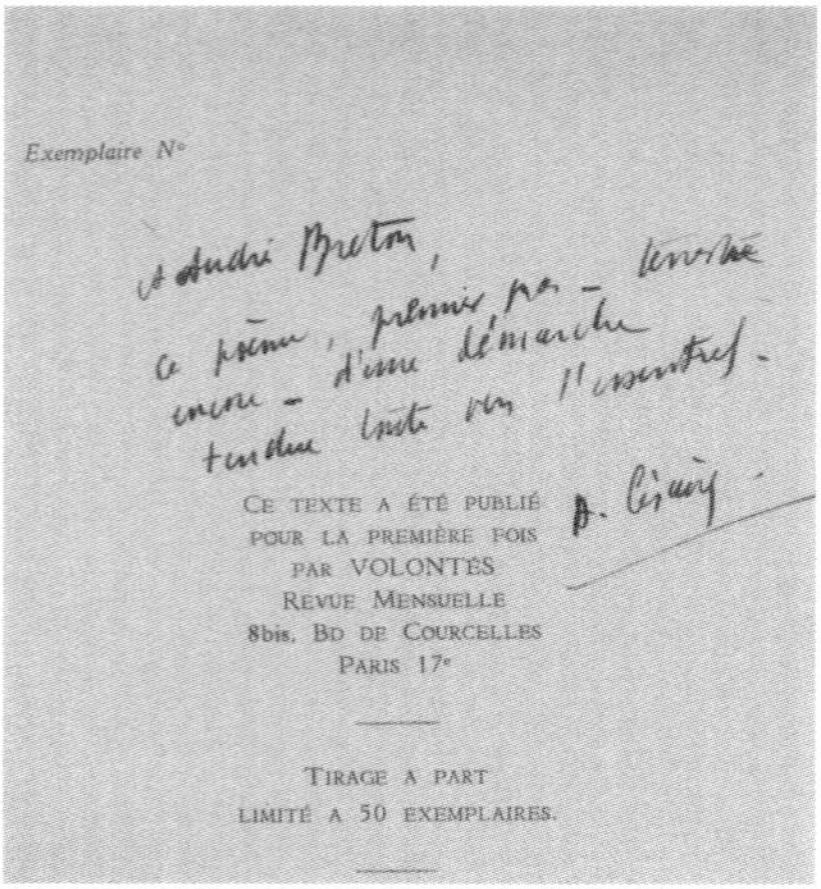

『帰郷ノート』初版50部限定版、
セゼール自筆のブルトンへの献辞入

すでにセゼールより六歳年長の同郷の先輩で留学生としてパリにいたルネ・メニル（一九〇七〜二〇〇四）らは、当時ブルジョワ近代合理主義に最もラディカルな批判を展開していたシュルレアリスムに影響され、ブルトンの作品名を冠した『正当防衛』誌を一九三二年に創刊、「白い世界」への反逆を展開するが、すぐに発禁となっていた。

一方でセゼールは、黒人であるがために人間であることを否認される体験、白人の目を通してしか自己を意識できない黒人の自意識に大いに疑問を持ち、本書の原註にブルトンが書いたように、ドイツの民族学者レオ・フロベニウス（一八七三〜一九三八）の大著『アフリカ文明史』（一九三三年）を読んで開眼する。すなわち、黒人のルーツであるアフリカは、コロンブス以前の中世末期に、西洋とは別個の独自で素晴らしい文明社会を創出していたという証言であった。つまり暗黒大陸アフリカとか、野蛮なニグロという考え方はヨーロッパ人のでっち上げたものに過ぎず、白人が世界を征服して創り上げた近代の物質文明こそが、大いなる欺瞞ではないかという決定的な確信であった。

これは西洋近代合理主義に徹底して叛逆してきたシュルレアリスムと相通ずるものであり、ブルトンとセゼールは出会うべくして出会ったと言ってよいだろう。ブルトン四十五歳、セゼール二十七歳、この出会いはセゼールの生涯に大きな自信と自らの信念への確信をもたらすことになる。後年、セゼールは述懐する。

《ブルトンは我々に大胆さをもたらしました。より強固な立場を取ることを助けてくれたのです。つまり彼は我々の探求と躊躇の時を縮めてくれたのです。私は自分がぶち当たっていた問題の大部分がブルトンとシュルレアリスムによって解決されていることに気づきました。ブルトンとの出会いは、私自身の思索によって見出していたことが真実であったことの確証だったのです》。

わずか三週間の出会いであったが、その後ブルトンはニューヨークへ到着した後も、セゼールと『熱帯《トロピック》』の存在を出会う人々に紹介し続け、その翌年にはニューヨークだけでなく、ハイチ、キューバ、メキシコなどでその名は知れわたる。そして一九四三年にはキューバで『帰郷ノート』のスペイン語訳が、ウィフレッド・ラム挿絵、バンジャマン・ペレ序文で刊行され、翌四四年にはニューヨークの仏語誌『エミスフェール』にブルトンの『偉大なる黒人詩人』を序文に『帰郷ノート』が掲載さ

『帰郷ノート』スペイン語版、ラム挿画、ペレ序文（1943年）

エメ・セゼール

れるに至る。いわば、ブルトンとの出会いにより、セゼールの名は世界的に著名となっていったのである。

その間もセゼールらは、『熱帯《トロピック》』を刊行し続け、途中、発禁の憂き目にあうこともあったが、一九四五年九月までの五年間に十四号まで発行し続ける。わずか五百部の小冊子ではあったが、シュルレアリスム風の詩と過激なネグリチュードを展開、若き黒人エリートに大きな影響を及ぼすのである。

■戦後のセゼール

一九四五年、終戦を迎えたセゼールは、共産党員であったルネ・メニルらの要請で、政治家として立候補し、フォール・ド・フランス市長に当選（二〇〇一年に引退するまで同職にあった）、さらに共産党のフランス国民議会議員に選出された。そして翌年、植民地であったマルティニークの海外県化法案を起草し、成立させる。つまり植民地からの解放であった。しかし県化法は同化法とも言われ、セゼールが若い頃から最も反発してきた白人との同化、漂白化を促すものであり、これはセゼールの変節ではないかと、一部の知識人は批判する。現に未だに批判は根強く、我が国の研究者の一部も、『帰郷ノート』や『熱帯《トロピック》』によって白人世界への大いなる反逆者であったはずのセゼールの、政治家としての行動は矛盾しているとの批判を隠さない。

しかし私はそうは思わない。悲惨な植民地からの解放は何よりも先に取るべき施策であったこと、人口わずか二十万人のマルティニークの独立は経済的に自滅行為であったこと、そして、これは何よりも重要なことだが、セゼールは、植民地からの解放としてフランスとの制度的同化を肯定しつつも、フランスによる従属や文化的同化を厳然と拒絶していたのである。彼が選んだのは、いわば海外県としての文化的・精神的独立であった。

以降のセゼールの生き様も、詩人として政治家として、首尾一貫したものであったと私は思っている。（彼の政策が、結果的に島民の、白人との精神的同化という現象を引き起こしたとしても、それは人間個体の努力の限界を示すものであり、その責めを彼個人の精神に帰すべきではないだろう）。一九五〇年に発表された『植民地主義論』、一九五六年の第一回黒人作家・芸術家会議における講演『文化と植民地支配』を閲するに、白人の文明社会に対する戦闘的姿勢はいささかも衰えてはいない。白人の文明には無数のヒットラー的心性が存在する、それは数々の政治家や知識人のなかに潜む白人優位思考と物質主義であり、ロジェ・カイヨワやエルネスト・ルナンをはじめ、その他政治家や学者を名指しで槍玉に上げて非難し、一方でロートレアモンの詩魂を称揚するのである。さらに講演では、西洋文明は人類史において、人間の尊厳に根拠を置いたわけではなく、厳格な知性を創設したわけでもない、支配下に納めた地域すべてにおいて、お金に根拠をおいた経済・社会システムを創出・導入して、その地の文化・哲学・宗教のすべてを無慈悲に排除したのだと断罪するのである。

そして一九五六年、フランス共産党がハンガリー動乱においてソ連に追従したのを機に、共産党を離党し、フランス共産党書記長に宛てた体裁で『モーリス・トレーズへの手紙』を発表、スターリニズムを断罪する。これは、長年にわたってスターリニズムを厳しく非難してきたブルトンと軌を一にした態度であった。

一方で詩人としても『奇蹟の武器』（一九四六年）をラムの挿画で刊行した他、ピカソとの共作『失われた身体』（一九五〇年）など多数の詩集を発表、他にも、人類史上、唯一成功したといわれる奴隷革命のハイチ独立運動指導者を描いた歴史書『トゥーサン・ルヴェルチュール』（一九六二年）や戯曲『クリストフ王』（一九六三年）などを著している。こうした著作において、彼は、制度的に植民地が解放されたとはいえ、制度の裏でなおも続く西洋の狡猾な社会構造的支配に怒りを隠さず、それに対抗するには、黒人自らの精神的独立と自由の概念をさらに成熟させる必要があると訴えるのである。

二〇〇八年に九十四歳で逝去するまで、大変な長寿を全うしたセゼールは、一時、ノーベル平和賞の有力候補になったことがあったが、事前に断ったという。さらに最晩年の二〇〇六年、当時フランス内相であったニコラ・サルコジの面会要請を拒絶したことでも知られている。サルコジの属する政権与党の教育カリキュラムに植民地主義を肯定する内容があったこと、おまけにサルコジ自身がフランス国内の暴動において若者を《社会のくず》呼ばわりしたことで、セゼールは面会を拒否、サルコジはマルティニーク島への訪問そのものを断念せざるを得なかったのである。

こうした高潔で一徹な姿勢は、彼が畏敬するブルトンの姿を髣髴とさせるものがある。ブルトンとの出会いは、彼の生涯に大きな影響を及ぼしたが、その影響は思想だけでなく、思想と一如となったブルトンの人柄とも無縁ではなかったであろう。セゼールは一九四七年のシュルレアリスム国際展や、五六年の機関誌『シュルレアリスム・メーム』にも寄稿するなど、決してシュルレアリスム運動と無縁ではなかった。後年の数々のインタビューにおいても、事あるごとにブルトンの素晴らしさを述懐し、六六年にブルトンが亡くなった時にも、いち早く次のような追悼文を捧げている。

私は彼とはもう会えないでいた。いくつかの事件や生活が二人を引き離してしまったのだ。だが私は、一九四一年における彼との出会いを忘れたことはなかった。

それは私の人生を決定的に方向づけた出会いだった。以来、彼の面影は私につきまとって離れないのだ。アンドレ・ブルトンを通してしか、アンドレ・ブルトンの援けによってしか、私の読むことのできぬ詩があり、私の見ることのできぬ風景がある。私の生まれた島の風景でさえ。

そこにはいない、けれども温かく、親しい、私にとって、そういう人だった。いつもそうだった。アンドレ・ブルトンの存在は。純粋と勇気と最も気高い徳の化身よ。我々の一人ひとりが、人生に立ち向かうために、ひそかに建てる小さな神殿の中の、私の「心のよりどころ」よ。

セゼールの魂の奥底に、いかにブルトンの存在が深く食い込んでいたかが知られ、両者の出会いを思うと感動的でさえある。

ブルトンの謦咳に接した最後の世代のシュルレアリストであり、現在もフランスで果敢な言論活動を展開しているアニー・ル・ブラン（一九四二〜）は、一九九四年に『エメ・セゼールへ』と題したエッセイを発表、彼の詩の素晴らしさとその人間性や生き様に満幅のオマージュを捧げている。

彼女については、すでに拙訳書『塔のなかの井戸〜夢のかけら』（二〇一三年、エディション・イレーヌ刊）の解説で紹介したところであるが、かねてより私は、彼女こそはブルトンの思想の本質を引き継いだ、今世紀に至るブルトンの代弁者ではないかと感じている。一九九一年にポンピドゥーセンターで開催された「アンドレ・ブルトン回顧展」に対して、墓堀人夫の所業だと主催者側を真っ向

『エメ・セゼールへ』アニー・ル・ブラン著（1994年）

「サド展」を主宰するアニー・ル・ブラン
オルセー美術館にて（2014年）

から批判したり、サドの毒抜き作業に勤しむサド研究家連中を痛烈に断罪したり、近年では、高度消費社会における電子ネットワーク化が、人間本来の持つイマジネーションの領域を著しく侵害し、人類はついにネットワークの牢獄に閉じ込められたことを自覚すべきだとして、現代社会を告発している。そうした彼女が、詩と行動の両輪を合一化して苦闘してきたセゼールにオマージュを捧げたことは、ブルトン在りせばかくあるらむの如く、ブルトンの代弁とも感じられ、誠に感慨深いものがある。

■蛇使いの女

本書の副題にある「蛇使いの女」とは、『クレオールの対話』で言及されているように、アンリ・ルソー（一八四四〜一九一〇）の作品の標題でもある。この絵は、一九〇七年に発表された縦一六九×横一八九センチの大作で、満月の光に神秘的に照らされて逆光となった密林のなかで、蛇使いの黒人の裸女が笛を吹く光景を幻想的に描いており、緊密な構成と魔術的な迫力を持ったルソー畢生の傑作の一つである。私はオルセー美術館でこの絵を実際に目にしたが、蛇使いの女の笛の音が、静寂な密林を縫って聞こえてくるようで、その圧倒的な幻想の力に魂が吸い込まれそうになったことを覚えている。

アンリ・ルソーは晩年に至って、同郷のアルフレッド・ジャリや、アポリネールらにようやくその真価を見出され、死後にシュルレアリストに高く評価された画家だが、それ以前は税関の小役人をしながら細々と絵を描き、アンデパンダン展に出品しては、観客の嘲笑の的になっていたのである。というのも、遠近法を無視した、異様な細密描写とデフォルメされた画像は、当時の観客には幼児の絵としか映らなかったわけであるが、ルソーの凄味は、彼自身が、写真のように絵を描くアカデミズムの大家の絵を信奉し、それを絵の理想としていたことである。つまり彼は、目に映る風景を遠近法を含めて忠実に再現することを目指していたにもかかわらず、実際に描いた絵がことごとくそうではなく、彼の個性に染め抜かれた、写実とは別の画像になっていたわけだ。これはどういうことかと言えば、ルソーが天性の幻視者であったというより他に説明がつかないのである。

アンリ・ルソー『蛇使いの女』（1907年）

『クレオールの対話』の中で、ブルトンはそのあたりの事情を知悉していたものとみえ、「ルソーはおそらく己れの内面に生きていたように思える」と推測している。ルソーが晩年に描いた数々の真に迫る熱帯密林風景を巡って、ルソーのメキシコ滞在の有無が論議されていたわけだが、後年の一九六一年にルソーが一度もフランスを離れたことがなかったと証明されて、ブルトンの推測が正しかったことがわかっている。ということは、ルソーの内的世界を通じた幻視の謎は、ブルトンの言うように、文明という夾雑物を乗り越えた、第二のコミュニケーションが存在し得ると推測できるのである。ユングの集団的無意識論にも通じるような考え方であるが、ここにこそブルトンが唱えた《通底器》への理想、すなわち《生と夢とを和解させる紋章》へ到達する鍵が隠されているように思われる。このように、「蛇使いの女」という副題には、その象徴的意味合いが付与されていると考えられ、それはそのまま、本書全体に底流する最大のテーマの一つであるだろう。

なお、ブルトンに再発見され称揚された象徴派詩人サン＝ポル・ルー（一八六一～一九四〇）に、奇しくも同じ題名の詩「蛇使いの女」が一八九〇年に書かれていることを申し添えておこう。この詩は、ルソーの絵とまったく関連はないが、夢魔のように反逆的でエロティックな作品で、おそらくブルトンの念頭にこの詩の標題もあったものと思われる。「蛇使いの女」という副題のなかには、この詩の真価である《詩の驚異》という含みも込められていたに相違ない。

■魅惑と憤激のエクリチュール

さて、この解題の冒頭で述べたように、本書は様々な形態のテクストを、それぞれの発表年を考慮せずに寄せ集めた特殊なアンソロジーとなっている。ではブルトンが無雑作に配列したのかといえば、決してそうではないことは、本書の緒言を読めば明らかである。ブルトンは緒言で「ある箇所においては抒情的な言語を、別の箇所では情報を伝える単純な言語を駆使し」、「これら二つの形態を故意に対置して使用した」と書いているように、抒情的な言語＝詩、単純な言語＝散文を故意に配列しているわけである。

なぜそうしたのかといえば、緒言の文頭でブルトンは言う、「マルティニーク島にて私たちの視覚は二つに引き裂かれる」と。そしてこうも言っているのだ、「私たちは狂おしいほど眩惑されたし、それと同時に傷つき憤慨もした」と。つまり、冒頭で先述したように、マルティニークの圧倒的な大自然の《魅惑》と、卑劣極まる植民地体制への《憤激》に、ブルトンは文字通り二つに引き裂かれていたのである。しかし魅惑と憤激を同時に表現することは極めて困難であり、例えばマルティニークの《魅惑》のみを讃えた時、それは自ずとエグゾティスムの罠にはまることになる。『クレオールの対話』においても、エグゾティスムへの警戒が表明されているように、単純な異郷への讃歌は、ピエール・ロチやポール・モーランなどのような異国趣味作家と同一視されかねず、それは旅人であり傍観者であるという特権を持った者の驚異と讃歌の表現になってしまい、ひいては、エグゾティスム＝異国趣味が西洋帝国主義の欲望に繋がりかねないことを、ブルトンは危惧していたのである。

マルティニーク島の持つ相反する二面性、すなわち島の魅惑とその裏側の悲惨さに対して、ブルトンは緒言で「最善のものと最悪のものを両方同時に視野に収められないのと同様に、両極端の意味を斟酌して表現できる共通語はあり得ない」と言うわけだが、実はブルトンは、本書を一冊の本にまとめるに当たって、一方のみの視点で語ることを回避しようと、何とかして、この共通語の達成を目指していたのではないかと思われるのである。すなわち、相反する二面性をエクリチュールとしていかに融合させるか、そうすることによってはじめて、詩が有する真の力、本来の生の情動ともいうべきインパクトを甦らせ、読む者の魂の奥底に浸透させることができる――それこそが本書でブルトンが試みたことではなかったか。あたかも、ジェームズ・クックの旅行記における愛し合う男女の抱擁からなる言語のように、人類が有する神秘な第二のコミュニケーションのように――。

ブルトンの言う「情報を伝える単純な言語を駆使」した『濁った水』の末尾には、そうした詩との融合への思いが如実に表れている。「このような官憲の取り締まりに傷つき、刃向かってきたものこそ、私にとって非常に貴重なものだ。それこそが、この島の絶対に奪われることのない詩に混ざり合い、この森のかすかな香りさえ損なおうとする連中にまで染み通っていくものなのだから」と。

そしてブルトンは、マッソンの類い稀なる個性をも取り込んでいくのである。マッソンは、ブルトン同様、この島の持つ相反する二面性を知悉していたが、ブルトンのように、言語を融解させて両極を統合するという意志などなく、意図的に二つの視線を切り分けている。彼の詩『アンティル』は、何の衒いもなく、マルティニークの豊饒たる大地、そしてマルティニークで目にした黒人女性をエロティックなまでに謳い上げている。そしてそのイメージは、この詩と同じ題名で、一九四三年、油彩とテンペラに砂を混ぜた作品『アンティル』に結実するのである。これは官能的な黒人女の肉体とマルティニークの繁茂する大地を重ね合わせた彼の最高傑作のひとつであるが、そこには生を抑圧する不穏な影は見られず、《魅惑》という一方の視線のみを集中化させている。

訳註にも記したように、題名の「アンティル」という単語は、地名ではない単数形で使用されており、「アンティ・イール」すなわち「反対側の島」という意味合いを含ませている。つまりここで島

アンドレ・マッソン『アンティル』（1943年）

の表裏の実態、二面性を示唆しているわけだ。さらにこの詩は《魅惑》を謳いあげているのだが、最終行のみ、「……獣にはマンチニールの木を」と書かれ、島の為政者への《憤激》を表わしており、詩自体が融解せずに明確に二面性を切り分けて指し示されているのである。要するに、二面性を理解する上で極めて分かりやすく、しかも高らかな讃歌であるところが、誠に巻頭にふさわしく、この詩を最初に配列したところにブルトンの意図が感じられるのである。

しかもマッソンの、島の二面性を切り分ける手法は、デッサンにおいても顕著である。一見して分かるように、羊歯や草木が渦巻くような絵と、昆虫戦車などの不気味な形象の絵に、はっきり分かれているのである。後者の絵は二点しかないが、暴力的で抑圧的であり、言うまでもなく、島の為政者への憤激を表わすものであろう。その二点をブルトンは、彼自身の憤激のドキュメントである『濁った水』の冒頭と末尾に配置し、なおかつそのテクストの間に樹木の絵を挿入するのである。しかも前者の絵はすべて濃紺色で刷られて、一層際立っている。このようにブルトンは、マッソンの個性を総体の中の一部として取り込み、二面性を攪拌するように相乗効果を狙うのである。

アンソロジーである本書を全体から俯瞰すると、詩が巻頭と巻末に配置され、中央部に『震えるピン』八篇が据えられている。詩が視線を変える重要な結節点のように仕組まれ、その周りに散文が張り巡らされている。しかも、散文である『緒言』と『濁った水』と『偉大なる黒人詩人』は、全篇イタリック体（本書訳文では楷書体）で印字されているため、分量が多いにもかかわらず、補足的なテクストであるかのように見える。逆に言えば、分量の少ない詩と対話が、標準字体で印字されているため、単純な言語と明確に対置されつつ、本書の主要なエクリチュールが詩であることを際立たせているのである。ということは、本書の中央に位置する『震えるピン』八篇の詩は、本書の核を為すものと言ってよく、そこにこそ、緒言で言う「両極端の意味を斟酌して表現できる共通語」、すなわち《魅惑》と《憤激》を同居させ融合させる言語の醸成が試みられているように思えるのである。

『震えるピン』、それはマルティニークの女性がヘッド・スカーフの着用時に使う宝石状の留めピンであるが、貧困や圧制の苦悶に震えているのである。そればかりではない、あまりに官能的なマルティニークの自然と、あまりに悲惨な植民地化の実態との狭間で、ピン留めの尖端にどのように焦点を重ね合わせたらよいのかという、震えるような苦悶でもある。これら八篇の詩は、虹色の影を伴ったクレオールの女性美をはじめ、極彩色の看板、熱帯の果実と味覚の驚異、絢爛豪奢に燦めく魚市場、雨の矢に躍動する植物群など、マルティニークの様々な《魅惑》を幻惑的なまでに美しく歌い上げている。しかしブルトンは、メタファーやイメージや音韻を縦横に繰り出して、美の背後に潜む不穏な気配を詩に織り込み、透かし彫りのように浮き上がらせるのだ。美こそが戦乱を堰き止める防波堤なのか、甘美な膝もとに消えゆく大きな戦争のざわめき、宝石の飾り金具と黒人奴隷を繋ぐ鉄鎖とのダブルイメージ、目も綾な魚市場の影に寄り集う黒人の反乱、美しい果実の異様な粘着に天の摂理は巡り来て、極彩色の看板は色褪せて濃淡があいまいだ――、あたかもブルトンの視線は、黒人奴隷を打擲する象徴でもある「鞭の尖端」にあって、その「楕円の中心で閉じられた一輪の菫の花」の如く時空を跳梁し、『龕灯《がんとう》』さながらに、相反する二面性をあぶり出すのである。いわば、この詩集は二面性を重ね合わせた『双翼の碑文』なのだ。特に『龕灯《がんとう》』は、『熱帯《トロピック》』誌同人への献辞を記しているだけあって、ブルトンの詩業の中でも最高レベルに達した傑作であり、時空を跳梁せんばかりの力強い躍動感、雨の矢の如く繰り出されるイメージやメタファーの鮮烈さ、眩暈をもたらさんばかりの痙攣的なインパクトにおいて、本書の頂点に聳立する作品と言ってよいだろう。

こうした幾重ものイメージを持つ重層的な詩の世界のあとに、詩とは全く逆形態の憤激のドキュメント『濁った水』が配置されているわけだが、ブルトンは双方の形態の不調和を危惧し、読者が双方にソフトランディングし得るよう、その前段に『クレオールの対話』を配置したように思われる。ブルトンは緒言で言う、「私たちの間で交わされる対話を介在させることによって、二つの形態がそこで結び合わされるように図った」と。つまり詩でも散文でもない人間同士の会話、生身の人間として反応した問いかけや感覚を柔軟に提示することによって、読者に本書の目指すもの、方向性を掴む素地を用意し、あとに続く双方の形態に、読者がより深く没入できる効果を狙ったように感じられるのである。

そして散文の最後に『偉大なる黒人詩人』が続くわけだが、これは先述したように、セゼールへ熱いオマージュを捧げながら、鏡のようにシュルレアリスムの本質を照らし出している。《魅惑》と《憤激》に引き裂かれたマルティニークに対する、セゼールの大いなる詩と行動、それはそのまま自己の思想と立場の表明であり、散文の掉尾にふさわしく、本書の総決算的な性格を帯びている。「真の詩は豊穣な生の躍動であり、情動の世界を絶え間なく根底から揺さぶり、ついには覆していくほどの力を持つ」、「その錬金術的変成の力は、賢者の石の真の達成として、金ではなく、まさに自由を生み出す」等々、セゼールの詩に仮託して、見事にシュルレアリスムの要諦を打ち出し、最後はセゼールの言葉を借りて、その具現者であるロートレアモンへの圧倒的な讃辞でフィナーレを飾るのである。

そのあと、本書の末尾に一篇の詩、『かつては自由通りで』で幕を閉じるわけだが、締めくくりにふさわしく、これまでに使われた表象やイメージを再度呼び出して一つに融け合わせている。（実は

バリジエの花（マルティニーク島）
炎の如く、血のように紅い萼が聖杯に似ていることからブルトンはそこに革命への象徴を見、セゼールは自らが結成したマルティニーク進歩党の党花とした。

フォール・ド・フランスの色褪せた極彩色の看板（双翼の碑文）
撮影：David W. Seaman

この詩が最も早い時期に制作されているので、表象やイメージを再度呼び出すというよりも、最初から使用されていたわけだが）。この詩は、自由通りという名がヴィシー政権によって改称させられているという怒りを軸に、『震えるピン』と同様、透かし彫りのように島の二面性を浮き上がらせている。イグアナの革製鞄に島の寄生者の卑劣さを見るが、蛍の尖端の光が唯一の自由への希望であり、『クレオールの対話』でブルトンが愛したジャスミンの香りを放つ香水壜がまだ熔岩の波間に揺れ動き、大噴火に傷つきながらも希望のランプがいまだに点灯する、そして海産市場のささやきに黒人の反乱、すなわち反抗の意志を見、店の名に仮託して「素晴らしく綺麗で美しい」マルティニークから「我が友をかくまって」という圧制下の状況を表わす島の二面性を浮かび上がらせ、中傷されてきた敵性人種である黒人の復権を、ただ一人物言う者＝セゼールとともに渇望するのである。

そして極めつきはラストだ。ウォーレスの泉という西洋文明の借り物に、太古からマルティニークに繁茂する自由の象徴たる夥しい蔓が絡まり、文明の向こう岸に『荷物のない女運搬人』のような優雅な足取りで太古の黒人女王が通り過ぎる。セネガルの薔薇のような黄昏色の乳房、そして彼女の若さに溢れた手が鉄柵という圧制の象徴に触れると、それが崩れ去るという幻想で幕を閉じるのである。何と美しいラストイメージであろう。まるで本書全体に散りばめられたイメージの目くるめくフラッシュバックのように、美しくも切ない一篇の映画が、溢れる余韻を残して幕を閉じるかのようである。

こうして本書全体を改めて俯瞰してみると、詩と散文と会話が渾然一体となった、一つの詩的融合体として、大きな威力を発揮しているように感じられる。ブルトンは、詩篇において、相反する島の二面性を同時に表現し得る共通語の醸成を試みたが、このアンソロジーの巧みな組み立てによって、本書そのものが透かし彫りのように、共通語を醸成しているように見える。その融合の威力は、アンリ・ルソーの神秘な第二のコミュニケーション、すなわち詩性による交感の如く、人類の深層意識に浸透していくほどの永続性を持つのである。ルソーの「蛇使いの女」がその具現化であるように、本書そのものがその具現化を目指した強力なメッセージ、いわゆる言葉の錬金術と化しているように思われるのだ。

　そして何よりも素晴らしいのは、緒言にあるように「芸術家としてこの世界を見るよりもむしろ、人間としてこの世界に反応」して、「眼は未開の状態で存在する」如く、本来の生の燦めきを彼方に見つめ、その自由、その美しさを熱烈に愛し、希求し、それを汚すあらゆるものに対して憤激をもって反撃する、その熱き情動が全篇に漲っていることである。ブルトンのエクリチュールは常にそうであり、エクリチュールそのものが氷ないしは火の魂となって、内なるまぶしい煌きと一つに溶けあい、生の流動に脈打っている。ものを書く行為における、この世の表面的な枠組からの唯一の突破口がそこにあることを、ブルトン自身が身を持って自覚していたことの証左であり、「様々なかたちをまとった詩にたいする無関心、気晴らしのための芸術、専門的学術研究、純粋思弁などをむこうにまわしてわれわれは戦うものであり、大小を問わず精神の節約家どもとはなにひとつ共通点を持ちたくない」

（『シュルレアリスム第二宣言』）との言葉通り、生身の人間として激しく希求し、訴えかけた彼のエクリチュールは、已れの作品のために物を書く世の大方の思想家、文学者とは大きく次元を異にするのである。

■現代文明からの絶対の逸脱へ

ブルトンのマルティニーク島での体験やエクリチュールは、戦後から今日に至るシュルレアリスムの、より深化した方向性の起点となるものであった。マルティニーク島からサント・ドミンゴを経由して、ニューヨークに着いたブルトンは、デュシャンやエルンストらと再会し、『ＶＶＶ』（トリプル＝ヴェ）という機関誌を創刊することになるが、神話や未開芸術、隠秘学への探究をはじめ、人類学的見地からの芸術論を展開、レヴィ＝ストロースやドニ・ド・ルージュモンの論文をはじめ、クルト・セリグマンによるパラケルススの紹介やピエール・マビーユの『楽園論』を収録するなど、それは来たるべき一九四七年、戦後初のシュルレアリスム国際展「新しき神話」を準備する理論的深化の兆しでもあった。

さらに戦時中のニューヨークで、妻のジャクリーヌと離婚したブルトンは、生涯の伴侶となるチリの女性、エリザ・クラロと出会い、彼女との愛を通して『秘法十七』を書き上げる。タロットカードから援用した表題から察せられるように、神話的・隠秘学的傾向が色濃く、シャルル・フーリエ、フロラ・トリスタン、エリファス・レヴィらの思想を織り込み、愛と魔術的思考を統合した見事な詩的散文であるが、当時のブルトンが悲劇的な様相を呈する世界状況を前にして、この世界、この文明の根本的な命題に立ち向かうために、ますます秘教の原理を援用し、透徹した世界解読のメッセージを発していたことがわかる。

そして、アメリカのアリゾナ、ネヴァダへの旅行におけるホピ族インディアンとの出会いにより原初の人間の姿を目の当たりにしたこと、さらには、招待されて赴いたハイチでの講演がきっかけで、学生や労働者の反政府運動が巻き起こり、ハイチの大統領がマイアミに逃亡するまでに至ったこと等、マルティニーク島での魅惑と憤激の体験が、第三世界の有色人種の世界へ拡大するとともに、当時発見したシャルル・フーリエの思想と相まって、西洋合理主義文明と真っ向から対立する秘教的思想傾向を強めていくのである。

一九四六年五月にブルトンは五年ぶりにフランスに帰国するが、第二次大戦が終わったとはいえ、世界の状況は好転する兆しをみせるどころか、レジスタンスに乗じたフランス共産党の勢いが猛威を振るうとともに、東欧ではスターリニズムの圧政が覆い、資本主義先進国では経済至上主義が勢いを増しつつあった。ブルトンは言う、「世界が今日冒されている病は、一九二〇年代の病とは異なっているのです。例えばフランスでは当時精神は凝固の脅威にさらされていたのに、今日では解体の脅威にさらされています。人間の意識だけでなく地球の構造にも及んでいるありとあらゆる巨大な亀裂は、あの頃にはまだ生じていませんでした」（一九五二年、アンドレ・パリノーとの対談より）。

このように新たな危機が露呈した世界状況に反応するように、戦後相次いでブルトンが『秘法十七』（一九四七年）、『シャルル・フーリエへのオード』（一九四八年）、『マルティニーク　蛇使いの女』という戦時中に書いたテクストを発表したことは、行き詰まりを見せたこの文明に対する大いなる《否《ノン》》のメッセージを発したものと見てよいだろう。さらに同時期の一九四八年、ブルトンは、圧政下のチェコから亡命してきたばかりのトワイヤンの素晴らしいリトグラフを付して、『大時計のなかのランプ』を発表、次のように忘れがたい文章を残している。

「一条の光がペルー人の土器からイースター島の石像に至るまで、石棺の隙間から滑り出して生き長

『大時計のなかのランプ』（1948年）
表紙画トワイヤン

『大時計のなかのランプ』初版限定本所収
トワイヤンのリトグラフ

らえていた。これらの文明を次々と活気づけていた精神は、我々の背後で物質的荒廃を積み重ねている破壊の過程から、ある程度免れてきたのだ。幾世紀もの時の流れを通じて、我々はせいぜいこの精神が日ごとに深く秘教化されるのを見てきただけだった。しかしこうした秘教化の謎めいた目的は、人間の叡智を働かせずにはおかなかったのだ。そこにこそ、ある種、偉大なものの秘密があったのである」。

つまりブルトンは、現世界における人間の精神の荒廃を明敏に察知し、この時期あたりから、明確なかたちで反=現代文明の発言を死ぬまで繰り返していくのである。

そもそも我々を覆うこの文明の経過をあえて強引に略述するならば、ギリシア・ローマ文明が一神教のキリスト教と結びつき、西洋世界の人々を禁圧状態に置き続け、宗教から国家へ覇権が移行するとともに、ブルジョワジーと帝国主義の利益のために、理性という良識によって実証主義的啓蒙思想が作り上げられ、それが産業革命を生み出し、植民地化による搾取、有色人種の殺戮と奴隷化、国民皆兵による二度の世界大戦、全人類の滅亡が可能な核兵器の発明・使用へと続き——あたかも精神なき錬金術師が、物質的な金を生み出すことに狂奔するが如く——二〇世紀半ばに至って、恐るべき物質主義の猛威を振るって全世界を席巻したのである。

ブルトンは言う、「ギリシア古代から現代に至るまでの絶えざる技術の進展は、その他の面における絶えざる後退と表裏一体の関係にあるのです。……ローマ帝国、十三世紀のブルジョワジーの勃興、十五世紀から十九世紀までのブルジョワ的実証主義の確立。私たちが到達した現段階では、合理的次元の確信は時代遅れのものにみえること、技術上の成功の蓄積は脅威的・破局的様相を呈していることを認めなければなりません。人間が進路を誤ったことをすべてが指し示しており、すべてが人間に《危ない》と叫んでいます…」（一九五〇年七月、J＝L・ベドゥアンとP・ドマルヌによるインタビューより）。

すでにその百年前にボードレールやアルフォンス・ラッブは、人類の滅亡を予言していたが、さらにその半世紀前に、シャルル・フーリエは、人類の自然な欲望を抑圧するこの文明を根本的に否定、断罪している。そして二十世紀半ばにおける、ブルトンのこの発言は、現代の我々が生きる時代と地続きの問題であることは明らかであろう。

一九六六年にブルトンが亡くなるまでの、戦後のシュルレアリスム運動は、草創期の二〇年代とは様変わりした危機的な世界状況との闘いでもあった。二度の世界大戦を経たあとに急速に進展した、もっぱら物質的な金の造成に狂奔する経済至上主義社会、夥しい商品が氾濫する物質的消費社会は、結局、人間の尊厳や幸福に根拠を置いた文明ではないことが、二十一世紀の今日に至って明らかになりつつある。増え続ける貧困層、高い自殺率、一向に消滅しない経済至上の植民地化施策、世界総市場化による競争原理の激化、それに伴うナショナリズムの擡頭、飽和状態を超える地球人口の増加と気候温暖化による食糧危機、それに伴う戦争の多発、夥しい原発と核兵器の配備、その一部がテロリストに渡る恐怖……数え上げれば切りがないほど数々のおぞましい事態と予兆を前にした時、同じ土俵(合理的次元)で反論を唱えたとしても徒労に終わりかねないであろう。すなわち、合理主義と物質文明に慣らされた人間の精神が根本的に変革されない限り、この世界の流れは止まらないのである。

すでに私は拙訳書『至高の愛』の解説で詳しく書いたが、ブルトンが死ぬ一年前に打ち出した最後のシュルレアリスム国際展は、人間本来の持つイマジネーションや、自由な精神の発露を阻害する物質的消費社会を厳しく告発した先駆的な試みであった。それはブルトンが現代社会に発した最後のメッセージ、いわば警告であった。その警告とはうらはらに、圧倒的な物量の生産・消費システムは、今や文化芸術、学術研究の分野においてさえ、実利実益という極めて卑小な有用性の枠内に人間を押

晩年のアンドレ・ブルトン(1960年)、
自らのマスクとともに

し込めている。

「生を変え、世界を変えること」、そのために、体系的思考や形式的綱領、政治的アンガージュマンに与せず、一方で宗教的思考に偏せず、あくまでブルトンは《詩的直観》の指標を曲げることを拒み続けたことは特筆に値する。「いまや新たにわれわれは、何世紀にもわたる精神の飼い馴らしと狂った諦めの後に、再び《すべての感覚を長く、広く、冷静に狂わせる》(ランボーのイザンバール宛書簡中の言葉)ことによって、この想像力を決定的に解放せんと努めるものである」(第二宣言)との言葉通り、そうした真の詩の力による根源的な精神と感覚の攪乱、霊感の泉が湧き立つ生の情動こそが、合理主義や功利主義に馴らされたこの文明の枠組みから唯一脱することのできる突破口なのであろう。(そもそも幾多のシュルレアリスムの絵画やオブジェは、この文明に飼い馴らされた思考や世界に《驚異》をもたらし理性や感覚の攪乱を目指したものであったはずだ)。それは、この文明以前の人類、あるいはこの文明に侵食されなかった人々が共有していた宇宙と内的生命との交感、すなわち詩性であり、この文明に対立して脈々と流れてきたエゾテリックな精神をトータルに併せ持ったものこそが、シュルレアリスムなのであろう。

本書の解題の紙数では、まだまだシュルレアリスムについて言葉を尽くせないし、語るべきことは他にも沢山ある。来たる二〇一六年は、ブルトン没後五十年に当たる。半世紀を経た節目として、私は晩年のブルトンのエクリチュールを紹介するとともに、ブルトンが絶えず投げかけた問いや希求を改めて俯瞰し、その真価と意義について総合的に語ってみたい、いや、非力ながらも語らなければならないと感じている。なぜなら、今日の凄まじいばかりの功利効率至上主義の世界にあって、ブルトンが生涯を賭して訴え続けてきたことが、今ほど遠ざかった時代はないと思うからである。

サド没後二百年に当たる今年、パリのオルセー美術館で、古今の過激なエロティスムの作品を一堂に展示して、観客の神経を逆撫でし、サドの本質を抉った挑発的な『サド、太陽を攻撃』展を企画・監修したアニー・ル・ブランは言う。

「今日、世界が破滅に向かっていることは周知の事実です。それを知っているにもかかわらず、現代社会の構築する産業構造や資本主義体系が、我々を目の前で起こっている現実から目をそらせるように仕向けています。夥しい事柄とものを与えることで、新たな市場を生み出すための偽りの欲望が引き起こされ、人間の持つ欲望を利用して大衆を服従させようとする巨大な企てが存在しているのです。人々はこの偽りの欲望に依存し、人類としての役目を見失い、完全にこの社会的システムに飼い馴らされてしまって、自身の存在すらも見失っているのです。こうして我々は何度も同じ過ちを繰り返していくのです。途方もなく深刻な事態です」と。

この発言は、半世紀前に発されたブルトンの警告が、そのまま肥大化・深刻化していることを証している。まさに問題は絶望に近い状況にまで追い込まれている。いずれにせよ、私は、ブルトンがすでに『シュルレアリスム第二宣言』で予言したことを信じるしか術はないと感じている。すなわち、

「己れを意義あらしめる機会、真理への願望を率先して身につけた人々のうち、踏み止まる人間が誰ひとりいなくなる日が訪れようとも、それでもやはりシュルレアリスムは生きつづけるだろう」と。いわばそれは、本書所収の『濁った水』の末尾に書かれたように、絶対に損なわれることのない詩性なるものが、この文明に飼い馴らされた人間の意識を必ずや変えていくだろうという絶望を乗り越えた希求、「ほのかな曙光への信頼（第二宣言）」なのである。そこにこそシュルレアリスムは生き続けるであろうから。

二〇一四年十月二十一日　生田耕作先生の二十年目の鴨東忌に

訳者略歴

松本 完治（まつもと かんじ）

一九六二年京都市生まれ。仏文学者・生田耕作氏に師事。学生時代の八三年に文芸出版〈エディション・イレーヌ〉を設立、文芸誌『るさんちまん』を三号まで刊行。『至高の愛』アンドレ・ブルトン、『愛の唄』ジュネ、『自殺総代理店』ジャック・リゴー、『薔薇の回廊』マンディアルグ、『塔のなかの井戸～夢のかけら』ラドヴァン・イヴシック、トワイヤンなど訳・編書多数。

マルティニーク島　蛇使いの女

発行日　二〇一五年一月二十四日
著　者　アンドレ・ブルトン
文・挿画　アンドレ・マッソン
訳　者　松本 完治
発行者　月読 杜人
発行所　エディション・イレーヌ　ÉDITIONS IRÈNE
京都市左京区北白川瀬ノ内町二一-二
電話 〇七五-七二四-八三六〇
e-mail : irene@k3.dion.ne.jp
URL : http://www.h4.dion.ne.jp/~irene

造　本　アトリエ空中線　間 奈美子
印　刷　トム出版
定　価　二、二五〇円＋税

ISBN978-4-9901234-8-2 C0098 ¥2250E